RUBEM
FONSECA

1997 E DO MEIO DO MUNDO
PROSTITUTO SÓ AMORES
GUARDEI AO MEU CHARUTO

OUT/2015

E DO MEIO DO MUNDO PROSTITUTO SÓ AMORES GUARDEI AO MEU CHARUTO

Rubem Fonseca

Editora Nova Fronteira Participações S.A.
Rua Nova Jerusalém, 345 – Bonsucesso
Rio de Janeiro – RJ – CEP: 21042-235
Tel.: (21) 3882-8200 – Fax: (21) 3882-8212/8313

CIP-BRASIL. CATALOGAÇÃO NA FONTE
SINDICATO NACIONAL DOS EDITORES DE LIVROS, RJ

F747m
2.ed.

Fonseca, Rubem, 1925-
E do meio do mundo prostituto só amores guardei ao meu charuto / Rubem Fonseca. - 2.ed. - Rio de Janeiro : Nova Fronteira, 2012.
21 cm

ISBN 978-85-209-2996-4

1. Ficção brasileira. I. Título.

CDD: 869.93
CDU: 821.134.3(81)-3

“Não há nada igual ao tabaco — é a paixão das pessoas decentes e aqueles que vivem sem tabaco não merecem viver.”

Don Juan, Molière

1

Meu nome é Mandrake, sou advogado criminalista.

Casos de homicídio são sempre uma espécie de charada. Os clientes mentem sempre para você, os policiais mentem para você, as testemunhas mentem para todo mundo. Comecei a montar o quebra-cabeça sem dispor de todas as peças, com paciência, depois de ter ouvido atores e coadjuvantes deste enredo. Gravei a maior parte das conversas que tive com eles. Minha secretária fez uma transcrição dessas gravações. Com base nessas cópias textuais preparei resumos, para diminuir o papelório. Mas às vezes, ou por ser muito trabalhoso fazer essa síntese ou porque era mais esclarecedor manter a dicção original do falante, mantive *ipsis verbis* certos trechos. (Estão entre aspas.) Nesses casos, para tornar a exposição mais compreensível, acrescentei pequenos parágrafos. Estou organizando este material algum tempo depois que tudo terminou. Infelizmente não datei nem numerei as transcrições, erro que já cometera com as fitas gravadas, o que prejudicou, de certa maneira, a linearidade cronológica da narrativa.

***

Foi Amanda quem descobriu a identidade da primeira vítima. Mas vamos começar com Gustavo Flávio. Eu sabia que ele era um escritor famoso e festejado. Se fosse um político ou coisa parecida, o caso Delamare — não vou falar do caso Delamare, isso já foi explorado demais —, que ocorreu há alguns anos, não teria sido esquecido, mas era um escritor, e de um sujeito com essa profissão espera-se tudo. Gustavo Flávio era homem vaidoso, um pernóstico erudito e inteligente, um mulato que com o correr dos anos ficara branco, um gordo que ficara delgado, um mulherengo de sucesso, eu tinha os motivos para detestá-lo, mas ele entrou no meu escritório e a primeira coisa que fez foi retirar um churchill do bolso e isso me deixou numa disposição favorável.

"O fumo do charuto o incomoda? Creio que não, sinto o cheiro no ar."

Eu também fumava charutos, como ele percebera.

"A dona Amanda disse que o senhor tem uma história interessante para me contar."

"Quer um destes?"

"Não, obrigado. Quando trabalho prefiro fumar um curto."

Ao contrário de mim, quando trabalhava ele preferia os longos. Isso se explica pela natureza diferente das nossas atividades. Os charutos longos eu deixava para fumar em companhia feminina, quando o fumo não a incomodava, evidentemente. Gustavo, com uma guilhotina Zino, cortou a ponta do seu charuto. Depois, usando uma caixa de fósforos, acendeu-o com os cuidados devidos.

"Sou contra esses sujeitos que cortam a ponta do charuto dando-lhe dentadas como cães danados. Amanda diz que sou um tergiversador incontrolável."

"Às vezes um pequeno rodeio ajuda. Posso ligar o gravador?"

Gustavo Flávio

Diariamente chegava à sua casa uma correspondência variada e copiosa, que ele jogava no lixo sem abrir. Um dia não fez isso com uma das cartas, um envelope branco, seu nome e endereço escritos em letras de fôrma, traços vacilantes feitos possivelmente com a mão esquerda, ou com a direita se o remetente fosse canhoto. Colocara o envelope na sua comprida mesa de trabalho, onde além do computador e seus periféricos havia um aparelho de som (ele só conseguia escrever ouvindo música, qualquer música), e acendera um charuto, nesse dia Punch Royal Selection número 12, um módulo não muito longo, como os que preferia quando trabalhava, mas de aroma rico e arquitetura perfeita. Quando foi ligar o computador notou, através do BootLock, uma ferramenta que impossibilitava a entrada sem o uso da senha e que registrava as tentativas de ingresso, que alguém tentara acessar a máquina repetidas vezes. Revistou a casa para ver se faltava alguma coisa. As câmeras fotográficas estavam lá, a Canon, a Polaroid, a Nikon. Também os aparelhos de videocassete, os relógios, os cartões de crédito, os talões de cheques, nada havia sido tocado, nenhuma gaveta parecia ter sido aberta, nem mesmo a de uma mesinha pequena onde guardava fotografias antigas, dele e dos seus parentes. Não chegou a ficar preocupado, pois atribuiu o problema a um defeito do programa, computadores vivem surpreendendo os seus usuários. Um erro de julgamento, como verificaria amargamente mais tarde. Digitou sua senha e abriu o arquivo no qual estava trabalhando, um ensaio sobre o mistério das listas pretas das zebras. A pelagem de todo animal selvagem tem como uma de suas funções naturais torná-lo menos visível em seu hábitat natural, mas o pelo conspícuo das zebras, com suas listas pretas sobre a pele branca, não as protegia de seus predadores naturais. Porém naquele dia, em vez de tentar decifrar esse enigmático fenômeno, ele ficou pensando na carta sobre a mesa. Não sabia ao certo por que não havia rasgado, talvez devido à sua suposição de que o remetente dissimulara a caligrafia. O certo é que havia algo naquela carta que o perturbava. Então abriu o envelope prevendo encontrar uma corrente da felicidade ameaçando-o com desgraças horríveis se não mandasse cópia para cinquenta pessoas. Dentro havia um retrato de mulher. Em algum lugar dos seus arquivos ele tinha uma foto como aquela. No tempo em que abria a correspondência que recebia, não era raro encontrar cartas com retratos de mulher, que o divertiam por alguns minutos, cartas e retratos que acabavam sumindo no caos do seu escritório. Mas dentro do envelope que não rasgara havia apenas o retrato de uma mulher que ele não encontrava havia alguns anos. No verso do retrato nada estava escrito. Após alguma relutância, rasgou e jogou a foto na lata de lixo.

"Não escrevo mais romances, como é provavelmente do seu conhecimento, dr. Mandrake. Antes mesmo de parar de escrevê-los eu já detestava os meus personagens, assim como já abominava os personagens dos outros autores; e, como todos sabem, *ama o teu personagem como a ti mesmo* é uma importante regra para você gostar de escrever e para fazer o leitor gostar de ler o que você escreve. Durante meses, após ter decidido não mais escrever ficção, eu ia às livrarias folhear os novos romances publicados, mas ao ler as primeiras linhas tinha vontade de rasgar os livros. Cheguei mesmo a comprar alguns para rasgá-los em casa. Devo registrar que meus romances e contos continuam tendo boas vendas, deles são feitas novas reimpressões todos os anos, em parte por serem, muitos deles, adotados como leitura obrigatória nos colégios — aquele esforço pedagógico bem-intencionado que tenta induzir estudantes estúpidos e semianalfabetos a aprender a gostar de ler."

Gustavo Flávio acrescentou que sentira algum prazer em escrever os primeiros romances, como também gostara da celebridade e das honrarias que lhe haviam propiciado. Quando duas universidades estrangeiras lhe conferiram o título de doutor honoris causa ele se julgou consagrado e abençoado e não sossegou enquanto não recebeu a légion d'honneur e outras mercês nobilitantes. Usava paletós com pequenas aberturas nas lapelas para poder colocar ali, com hipócrita circunspeção, a pequena tira ou o botãozinho, de cor vermelha ou azul, cores características das melhores comendas, sabendo que bastava aquela insígnia para proclamar sua glória aos requintados. ("Hoje estou cagando para isso tudo, as honras desonram, isso é do Flaubert", mas eu, Mandrake, não senti muita convicção nessa fala.) Ele decidira escrever apenas ensaios após produzir mais de vinte romances.

O que causara essa mudança radical na sua carreira? Amanda dizia que Gustavo superara, após sofrer um leve e administrável desgosto, a crise de impotência criativa que o dominara, decidindo então dedicar-se a um gênero que não exigia talento nem imaginação. Felizmente, dissera Amanda, ele não fizera o mesmo que Hemingway ao sofrer esse problema.

"Não consigo esquecer a repugnância que me causou a visita que fiz à casa de Hemingway, em Havana. As salas tinham as paredes cheias de troféus de caça, na maioria cabeças empalhadas de animais inofensivos. No seu escritório, sob a mesa de trabalho, uma pele de um tigre com cabeça, dentes e garras servia-lhe de capacho. No banheiro, em uma tabela de anotações presa à parede, Ernest registrava as oscilações do seu peso, ele era aquele tipo de gordo vaidoso que faz tudo para emagrecer, menos deixar de ser guloso. A louça que usava nas refeições era de porcelana, feita *sous commande*, talvez em Sèvres ou outro lugar da Europa, com as suas iniciais E.H. desenhadas à maneira de um brasão. Pela casa inteira havia fotos dele fantasiado de the great white hunter, fuzil na mão e um animal morto aos pés... The short happy life of Ernest Hemingway... O americano também gostava de ir às arenas espanholas ver os touros, depois de sangrados e exauridos pelas inúmeras farpas cravadas no seu cachaço pelos bandarilheiros, serem mortos por toureiros de roupas coloridas e enchimentos nos calções justos para aumentar o volume dos cojones. O certo é que, por esta ou aquela razão, e voltarei a isso, deixei de escrever romances e não me arrependo. Agora, além de ensaios, pretendo escrever minhas memórias. Dostoiévski, pela boca de Aliosha Karamazov, diz que as memórias preservadas desde a infância e que carregamos durante nossa vida são talvez a nossa melhor educação; e se apenas uma dessas boas memórias permanece em nosso coração, ela talvez venha a ser, um dia, o instrumento da nossa salvação."

"Deixe as suas memórias para depois", pedi.

&

Conheci Amanda antes de ela se casar com Gustavo Flávio e começar a fumar charutos. Fui advogado de um primo dela, um financista estelionatário que está gozando a vida em Miami, depois que o absolvi. Quase tivemos um caso, eu e ela, mas infelizmente não tenho tanta sorte com as mulheres como o Gustavo Flávio. Ao revê-la notei que Amanda conseguira o prodígio de ganhar um pouco de peso e ficar ainda mais bonita. O fato de ela fazer parte do quebra-cabeça me pareceu uma coincidência engraçada.

"Posso ligar o gravador?"

"Por quê?"

"Sempre faço isso quando ouço alguém."

"Vai me deixar nervosa."

"Você logo vai esquecer que o gravador está ligado."

Amanda

"Naquele dia cheguei ao apartamento de Gustavo com uma caixa de coronas gigantes (o formato é de um churchill), da casa Bolívar. Enquanto ele abria a caixa, comentando que o desenho da tampa mostrava um antipático Bolívar de nariz fino e boca cínica, peguei um copo com água na kitchenette e tomei uma pílula inibidora de apetite. Queria ficar magra igual à nova mulher dele, Luíza. Gustavo sempre ouvia Beethoven quando escrevia, no tempo em que morava comigo, mas naquele dia o aparelho transmitia uma dessas músicas barulhentas de percussão. O apartamento onde Gustavo morava depois que nos separamos e que antes servia de local para ele escrever, e também, vou logo contando, para receber outras mulheres, estava uma bagunça, livros sobre a bancada da pia, livros sobre o fogão, livros no chão, havia livros até debaixo da cama. Eu disse que ia comprar uma estante e ele respondeu para eu sair das costas dele, que não gostava que lessem o que estava escrevendo. Mas eu não estava lendo o monitor, olhava o retrato sobre a mesa, ao lado do computador. Peguei o retrato, que ele tentou tirar da minha mão, mas não deixei. Sentei-me na poltrona e perguntei se minha saia estava muito curta e ele respondeu que eu tinha pernas bonitas. Como parou por aí, nesse assunto das minhas pernas, perguntei quem era a moça, dizendo que tinha a impressão de que a conhecia. Gustavo alegou que não sabia quem era, que a foto chegara pelo correio. Perguntei se ele agora colava os retratos que rasgava e se a moça era uma amiga dele, uma namorada, uma daquelas... ocultas, ou melhor, clandestinas, elas não eram tão ocultas assim. A mulher do retrato era bonita mas tinha qualquer coisa nela que não me agradava. Disse isso a ele, e perguntei se podia parar aquela música, aquilo estava me deixando nervosa, e perguntei ainda se ele havia ido ao médico. Ele respondeu, Amanda, não se preocupe comigo, estou bem. Gustavo precisava de alguém que cuidasse dele, a Luíza era uma estilista, uma artista, ou lá o que fosse, não cuidava nem mesmo dela, estava mais magra do que um palito. As mulheres, com exceção talvez de Luíza, sempre exerceram uma forte influência sobre ele. Minolta fez dele um sátiro e um glutão — um gordo, por algum tempo —, mas devido ao caso Delamare saiu do Rio e nunca mais voltou. Sumiu da cidade e da vida dele, mas eu sei que de vez em quando Gustavo pensa nela com saudades. Eu o coloquei numa dieta tão forte que no fim de um ano seu estômago diminuiu de tamanho e, mesmo não tendo perdido a vontade de comer, quem não gosta de comer está doente, ele se satisfazia com pequenas quantidades de alimento. Tenho que admitir que mais magro — e também mais velho, e também menos moreno, com a idade ele ficou mais branco — Gustavo se tornou um homem mais atraente do que quando era jovem e gordo. Mas não deixou de ser um sátiro, nem mesmo tendo acontecido com ele aquele acidente (vamos chamá-lo assim) que é do seu conhecimento e sobre o qual não quero falar agora. Então peguei uma vassoura dizendo que ia limpar aquele chiqueiro e comecei a arrumar a sala com movimentos elaborados e claramente perceptíveis, como muitas mulheres ao fazerem, na presença do marido, um daqueles trabalhos penosos necessários ao funcionamento do lar. Os livros foram dispostos em várias pilhas num canto da sala. Depois do almoço acendemos os charutos que eu trouxera. É sempre longa e tranquila a conversa de dois amigos de estômago cheio fumando um charuto de aroma enfeitiçante e combustão perfeita. Na época em que escrevia ficção ele gostava de falar sobre o seu trabalho, e agora que escrevia ensaios ficara ainda mais loquaz. Ao contrário do romancista, que quer seduzir ou amedrontar, o ensaísta quer exibir sua erudição, um procedimento arrogante que Gustavo adotara. Quando eu quis saber quais os requisitos básicos para escrever (eu sempre quis escrever, mas quando era casada com ele não podia me tornar uma escritora, ficaria inibida), ele deu algumas baforadas lentas no charuto e passou a alardear sua sabedoria. Disse que segundo Bertrand Russel as duas virtudes mais importantes para um ser humano são inteligência e bondade. Você tem que ser inteligente, precisa dessa capacidade, desse poder superior da mente para ser um escritor. É verdade, concordei, e ele, como gostava de fazer, com a sua dialética perversa, disse que era mentira, que encontrara em muitos dos congressos literários dos quais participara pelo mundo afora um monte de escritores de sucesso, alguns prêmios Nobel, que não eram exatamente brilhantes, alguns chegavam a ser idiotas. Assim, a inteligência podia ser suprida como um pré-requisito para a pessoa se tornar um escritor; se a pessoa fosse inteligente, como eu, era ótimo, mas eu não devia deixar isso interferir no meu trabalho; se quisesse ser uma escritora precisava aprender a disciplinar as minhas virtudes, e isso valia para escritores e carpinteiros. Perguntei, e bondade? Nesse momento a campainha da porta tocou. Eu disse deixa tocar, você não está esperando ninguém, está? Ele esperava a Luíza e acrescentou que eu sabia que ninguém ia ao apartamento sem avisar antes, se a pessoa chegasse sem avisar o porteiro tinha ordem de proibir a entrada, fosse quem fosse, Luíza ou até a mãe dele, se ainda estivesse viva."

&

Quando tinha dezoito anos Luíza saiu de casa para ser modelo. O seu pai, um homem rico, viúvo, dono de uma grande fábrica de tecidos, brigou com a filha para que ela abandonasse aquele trabalho, que ele considerava indigno. Para o pai "todas as modelos eram umas putas". Quando o pai, pouco depois de ter se casado novamente, morreu em condições trágicas, assassinado por assaltantes desconhecidos que nunca foram presos pela polícia, Luíza assumiu a direção da fábrica e deixou as passarelas. Já tinha vinte e cinco anos e as modelos mais requisitadas eram espigadas ninfetas de quatorze. Tornou-se, além de empresária, uma respeitada consultora de moda, e quando qualquer revista queria sua matéria periódica sobre mulheres que fizeram sucesso no mundo dos machos o nome dela sempre era lembrado. Gustavo Flávio a conheceu quando escreveu um artigo para um número especial da *Vogue*, que ela fora convidada para editar. Luíza não gostava de mim, pelo que apurei me considerava um advogado de porta de xadrez e dizia que um causídico com um apelido como o meu só poderia ter como clientes batedores de carteira e outros delinquentes menores.

Proibiu-me de ligar o gravador, mas liguei o que levava no bolso do paletó, sem que ela percebesse.

Luíza

"Amanda, como sempre acontecia, estava lá, senti o cheiro de charuto ainda do lado de fora. Amanda, eu disse, você está cada vez mais bonita, engordou um pouco, não?, veio fazer almoço para o Gustavo? Ela respondeu, também venenosamente, que eu continuava delgada, que eu podia voltar a desfilar nas passarelas, que a magreza e as olheiras me davam um ar mórbido porém romântico, mas que eu precisava aprender a cozinhar. Respondi que essa seria a última coisa que eu aprenderia no mundo, que preferiria aprender a fazer papiermâché, mas que ela fazia bem em cozinhar para o Gustavo, como se fosse a mãezinha dele. Ela gostaria mesmo de ter um filho igual ao Gustavo, acrescentou com aquela voz irritante dela, Luíza, você não sabe cozinhar mas sabe coisas mais importantes, ama os computadores, como Gustavo, e para vocês os computadores estão cheios de comidas para o espírito. Tudo o que as pessoas dizem, mesmo sem pensar, ou talvez principalmente *sem* pensar, tem um sentido oculto, ainda que aparentemente nada signifique. Amanda não poderia ter um filho dele, isso não seria possível, depois daquele... acidente. Nós duas sabíamos disso. Gustavo deve ter percebido que o tom da nossa conversa não era muito bom e disse, vamos parar com isso, meninas. Então Amanda alegou que tinha um compromisso com hora marcada e depois de dizer que Gustavo estava devendo a ela uma explicação sobre a bondade, o que devia ser um código entre eles, pegou a sua bolsa e foi embora. Amanda devia ter lavado os pratos antes, odeio lavar pratos, lavar pratos e coser botões. Perguntei ao Gustavo onde andava a Raimunda e ele respondeu que a empregada pedira demissão; perguntei ainda por que ele rasgara a foto e depois a colara com fita adesiva e ele respondeu que não sabia."

&

Depois de algumas entrevistas com Gustavo Flávio, ele, espontaneamente, me falou do seu relacionamento com Luíza. Já disse que as fitas do gravador acabaram se misturando e como não tinham número nem data, ficou difícil manter a linearidade deste meu relato.

Gustavo Flávio

"A única coisa pessoal que Luíza mantinha no meu apartamento era um pote de creme hidratante, sua pele era muito seca. Para tornar explícitos os inconvenientes de pernoitar na minha casa, Luíza escovava os dentes com a minha escova e a deixava lambuzada de pasta; sujava propositadamente o vestido de café e como não tinha outra roupa ficava suja, com uma cara de vítima resignada. Criava situações cujo objetivo era me fazer ver, cedo ou tarde, que devíamos mudar para a nova casa dela. Como sempre, Luíza dormiu muito pouco durante a noite, mesmo tendo tomado um dos seus remédios. Quando dormíamos na cama da casa dela, Luíza também passava a maior parte da noite acordada. Essa insônia piorara recentemente, ela estava estressada, nervosa e dizia não poder tirar férias, tinha muito o que fazer. Enfim, era uma executiva típica. Na manhã daquele dia, quando me levantei do chão, Luíza estava sentada na frente do computador. Tem uma password para acessar a máquina?, ela perguntou. Respondi que sim, perguntei se ela queria a senha. Ela respondeu que não, que acordara cedo e enquanto esperava eu acordar tentara surfar na www, e começou a fazer exercícios para o pescoço, dizendo que o pescoço doía *mas só um pouco,* que já estava se acostumando a dormir no chão, mas disse isso como se estivesse mentindo altruisticamente e o pescoço doesse de maneira atroz. Eu sabia que o seu pescoço não doía nem um pouco, e que fingir as dores fazia parte do seu plano de forçar a mudança para a casa dela, onde além da cama de casal havia três empregadas, uma sala com aparelhos de ginástica e musculação, um home theater, vários computadores, um banheiro cheio de espelhos com uma enorme jacuzzi, além de outros confortos. Luíza não mencionava isso, já havíamos feito amor na jacuzzi mais de uma vez e ela sabia que eu gostava de tomar banho naquela enorme banheira. Ela também nunca se referia à sua excelente situação financeira, isso não me impressionaria, eu ganhava bem com os meus livros e não dava importância a dinheiro. Quando disse que Amanda ia comprar uma cama para nós, Luíza respondeu que não precisava e, rodando a cabeça de um lado para o outro, fazendo uma careta de dor e perguntando se eu ouvia os estalos, disse que adorava dormir comigo no chão, que o problema eram as dores horríveis que depois sentia nas costas e no pescoço. Eu disse que Amanda estava querendo escrever um livro e ela respondeu que isso era apenas um pretexto para se meter na minha casa, se encontrar a toda hora comigo; segundo ela, Amanda queria me transformar numa Sherazade, mil e uma noites comigo. Quando tomávamos banho e eu ensaboava o corpo de Luíza ouvi a campainha do telefone."

&

Como disse, foi Amanda quem descobriu que a mulher do retrato havia sido assassinada. Segundo ela, e os outros, foi assim que aconteceu. Os três depoimentos a seguir estão cronologicamente ajustados.

Amanda

"Gustavo atendeu o telefone e eu disse que precisava falar pessoalmente com ele. Saí correndo do banho, estou todo molhado, ele disse. A Luíza está tomando banho com você?, perguntei, na banheira?, não sei por que você gosta de tomar banho com as mulheres, fique sabendo de uma coisa: as mulheres preferem tomar banho sozinhas. Ele insistiu que estava molhado, pingando na sala, que ligava para mim em seguida, mas antes que ele desligasse eu perguntei, sabe aquela mulher do retrato?, do retrato que você recebeu e rasgou? Ela foi assassinada."

"O que foi que ele respondeu?"

"Ficou um tempão calado. Depois disse, assassinada?, como é que você sabe? Respondi que vira o retrato dela na revista e lera a notícia dizendo que ela fora assassinada e que estava indo para a casa dele."

Luíza

"Gustavo voltou para o banheiro e eu perguntei por que ele estava tão pálido, se estava sentindo alguma coisa. Ele enxugou-se demoradamente, como alguém ganhando tempo para se controlar. Depois me contou que Amanda lhe dissera ao telefone que a moça do retrato fora assassinada. Achei que aquilo era mais um pretexto para Amanda se meter na casa dele, era até engraçado. Quando Amanda chegou esbaforida eu limpava a blusa que sujara de café, mas ela não deu importância a isso, abriu uma revista semanal que trazia na mão e mostrou uma foto de mulher, tirada provavelmente numa festa, dizendo que era a moça do retrato. A notícia da revista dizia que Hildegarde Keller, esposa do embaixador Germano Keller, fora assassinada, com um tiro na cabeça, dentro do seu carro. A polícia suspeitava de um assalto. Gustavo ouviu isso calado, agiu de maneira muito estranha, como se estivesse escondendo alguma coisa de nós."

Gustavo

"Bem, para você eu tenho que contar a verdade, foi para isso que eu vim aqui, afinal você é o meu advogado. Luíza está certa, eu agi de maneira estranha, eu temia que ela e Amanda percebessem o tremor que tomara conta do meu corpo. Peguei a lata de lixo da sala, fui para o banheiro, tranquei a porta, olhei meu rosto pálido no espelho. Revirei por algum tempo o lixo até achar o que queria. Lavei o rosto e voltei para a sala, tendo tido o cuidado de deixar a lata de lixo no banheiro. Onde está a lata de lixo?, perguntou Amanda. Que lata de lixo? Você também já percebeu que ele não sabe mentir? Há muito tempo, respondeu Luíza, indo ao banheiro e trazendo a lata de lixo para a sala, dizendo, ele andou remexendo na lata, procurando alguma coisa. Talvez outro retrato, de outra mulher morta, disse Amanda. Ou da mesma, disse Luíza. Eu expliquei que procurava um cheque que havia sumido, talvez eu o tivesse rasgado. As duas riram. Um escritor precisa de bondade?, perguntou Amanda. Que conversa de maluco é essa? cortou Luíza, e Amanda explicou que eu estava lhe explicando quais os requisitos que ela tinha de preencher para se tornar uma escritora. Receitas de forno e fogão?, perguntou Luíza. Eu disse que para alguns escritores a literatura deve ser doce e edificante, isto é, suficientemente açucarada e boa para agradar paladares delicados e refinar moral e espiritualmente o leitor, mas que o escritor não era um confeiteiro de bolos nem um pedagogo, os bons escritores, como Sade, enchiam o coração e as mentes dos leitores de medo e horror, porque a vida era isso, medo e horror. Depois voltei a fingir que escrevia no computador, percebendo que as duas mulheres inventavam pretextos para cada uma se livrar da presença da outra. As duas já não pareciam mais interessadas na notícia da revista. Eu, por minha vez, queria me livrar de ambas, para me entregar à minha palidez e examinar calmamente o que retirara da lata de lixo. Afinal as duas foram embora. Esperei algum tempo até ter certeza de que nenhuma delas voltaria. Peguei o envelope que apanhara no lixo e comparei a data do carimbo do correio com a data da morte de Hilde, segundo a revista. A foto fora colocada no correio quatro dias depois da morte dela. Quem me enviara a carta possuía a mente tortuosa do sujeito que cria vírus de computador, do terrorista que coloca uma bomba no avião ou no metrô. Mas esses malucos não individualizam o seu alvo e o meu missivista sabia a quem queria atingir. Quando a conheci, Hilde tinha os cabelos escuros da foto que eu rasgara estupidamente. Era casada com um diplomata e o nosso romance ardente durara... Meses, um ano? Depois viajara com o marido e ficara um longo tempo no exterior. Quando ela morava no Brasil nós nos correspondíamos através de caixas postais. Mas quando foi viajar não respondi a nenhuma de suas cartas apaixonadas, apesar de ela me ter dado um endereço seguro para isso. Reli a notícia da revista. Falava no marido embaixador, das suspeitas da polícia de que algum assaltante tentara roubar o carro e por algum motivo (talvez medo, assaltantes assustados são os piores) atirara em Hilde. O remorso que sentira por não responder às cartas que ela me enviara da Europa voltou, ainda mais forte. Hilde estava morta e não havia maneira de eu pedir perdão pela minha crueldade. Esse é o problema de pedir perdão: é sempre tarde demais. Conectei pela internet com Celeste. Ela demorou algum tempo a responder. Gravei a nossa conversa, quer ver?"

"Me dá o endereço do e-mail dela."

Gustavo sabia de cor e ditou para mim. “Mais alguma coisa que eu precise saber?”

“Não, não que eu me lembre. Amanda acredita que devo ir à polícia contar essa história toda. O senhor...”

“Me chama de você.”

“Você acha que devo ir?”

“Não sei ainda. Tenho um amigo na Homicídios. Esses casos acabam indo parar nas mãos dele. Vou conversar com o Raul. Aguarde uma notícia minha.”

Gustavo levantou-se da cadeira. Colocou o churchill sobre a mesa.

“Este churchill é para quando você se encontrar com uma amiga. Como você sabe, o nome é em homenagem ao Winston, que nunca se separou de um charuto com esse formato, nem mesmo em épocas de derramamento de sangue, suor e lágrimas.”

“Consta que fumou trezentos mil charutos em sua existência longa e produtiva.”

“No fim da vida, proibido de fumar, ele segurava o charuto entre os dedos, e passeava com o charuto, e olhava para ele, apagado na sua mão. Isso também dá uma certa alegria. Segurar e olhar."

Cópia do Chatting de Gustavo com Celeste:

Celeste: Só quero conversar se você me fizer confissões terríveis. Esse é o único ingrediente aceitável num chatting secreto entre dois desconhecidos. Chega de conversa mole.

Eu: Que confissões posso fazer? Além do mais você sabe quem eu sou.

Celeste: Você também sabe quem eu sou. Apenas não sou famosa como você.

Eu: Não confio em você.

Celeste: Confia em quem? Nas suas mulheres?

Eu: Que mulheres?

Celeste: Não quero saber de Delfina. Fale-me de Amanda.

Eu: Eu me separei de Amanda.

Celeste: Isso eu li nas colunas sociais. Fale-me de Amanda, fale-me de Luíza.

Eu: Luíza é minha namorada.

Celeste: Também li nas colunas. Quero saber os segredos. Li num dos seus ensaios que você não acredita em psicanálise e é ateu. Sou a melhor pessoa do mundo para ouvir seus segredos.

Eu: Segredos só devem ser contados àqueles que também têm segredos.

Celeste: Eu também tenho os meus.

Eu: Então conta para mim.

Celeste: Primeiro você. Não há melhor lugar no mundo para confissões escabrosas do que a internet.

Eu: Celeste, passe bem. Estou saindo.

2

Não falei imediatamente com Raul sobre essa história do retrato de Hilde. Não havia o que falar com aquele cão de fila. A leitura das transcrições ainda não me oferecia subsídios para previsões sinistras, eu não imaginava que coisas graves iriam acontecer, tanto que ainda nem me dera ao trabalho de ler as transcrições das fitas.

Gustavo

"O segundo retrato chegou alguns dias depois do primeiro. Pela trama da letra de fôrma do envelope notei que a sua origem era a mesma da primeira carta. Quando ia abrir o envelope, a campainha do interfone tocou. O porteiro anunciava uma visita, que ele colocou no interfone. Abri a porta para Sílvia. Não quero parecer piegas, mas quando ela entrou uma luz pareceu ser acesa na sala, e mais uma vez eu me maravilhei com a musculatura que cobria maciamente aquele perfeito esqueleto, uma estrutura com extraordinário poder de contração e relaxamento, resultado de malhações diárias na academia de ginástica. Sílvia não precisaria frequentar centros de modelagem física, ela possuía, de nascença, *integritas, claritas et consonancia* — Tomás de Aquino apud Joyce/Burgess — inteireza, radiância, simetria, palavras perfeitas para definir o seu corpo. Não há quem não tenha pelo menos uma mulher feia à sua volta, mas eu vivia cercado de mulheres deslumbrantes, a Fortuna tem os seus eleitos. Mas no âmago de toda beleza existe algo de desumano, isso é do Camus, e a longo prazo a beleza cansa mais do que a feiura. No único ensaio que escrevi sobre a beleza analisei a afirmação sádica de Bataille de que a beleza só é desejada pela alegria que causa ao ser profanada. Normalmente Sílvia entrava e se atirava nos meus braços. Em vez disso, andou pela sala nervosamente. Alguma coisa está te preocupando?, perguntei. Ele está desconfiado, ela respondeu, hoje quando saí de casa acho que fui seguida por algum tempo, corri como uma louca pelas ruas para despistar o meu perseguidor, ainda bem que sou boa motorista, parei o carro longe e vim andando, olhando para trás. Como você sabe que estava sendo seguida? Uma mulher sabe. Mandrake, a mulher sabe mesmo, nós nunca sabemos, mas elas *sabem*, ainda que às vezes se enganem. Não há razões para preocupações, eu disse, tentando tranquilizar Sílvia, nós não deixamos rastos, não escrevemos cartas um para o outro, não conversamos ao telefone, você não contou para a sua melhor amiga que é o amor da minha vida e nem eu contei para o meu melhor amigo, que aliás não tenho, que amo uma mulher casada deslumbrante chamada Sílvia, e portanto não existe disse me disse a nosso respeito; você sai todas as tardes, para fazer ginástica, ou para ir ao cabeleireiro, ou para ir ao curso de História da Filosofia, ou para ir ao curso de História da Arte, ou para fazer compras, ou para visitar as amigas, ou para ir ao cinema, ele sabe que você é uma mulher hiperativa que nunca fica em casa vendo televisão e fazendo palavras cruzadas; ele nunca pergunta 'aonde você foi hoje?', a nossa tarde semanal é uma entre muitas outras menos pecaminosas, como ele pode ter ficado desconfiado de repente? Estou dizendo que ele está desconfiado. Fomos para o edredom. Mandrake, estou lhe narrando coisas que pertencem não apenas à minha intimidade, mas à de terceiros, e conto com sua inteira discrição. Não existem receitas para comer uma mulher. Sempre tive em baixa conta os cretinos de ambos os sexos que escrevem em revistas especializadas em fofocas, femininas e masculinas, e gostam de inventar regras para seduzir e comer bem o seu parceiro ou parceira. Vou lhe contar uma história de cavalos. Meu pai possuía uma fazenda, no vale do Paraíba, onde criava cavalos. Muitas vezes precisavam cruzar uma égua de boa linhagem com um garanhão também com um bom pedigree, mas o problema era que o garanhão de ascendência nobre não despertava o desejo da égua. Ou tinha a agenda cheia ou não podia, por qualquer motivo, perder tempo com preliminares. Então colocávamos perto da égua um tipo de cavalo conhecido como Rufião, um garanhão do qual não se exigia nem perfeição física nem pureza de sangue que atestasse sua ancestralidade ilustre, mas sim a capacidade de despertar um desejo sexual intenso na égua. O garanhão plebeu e a nobre égua ficavam separados por uma cerca, para que nenhum contato, digamos morganático, ocorresse entre eles. Logo que o Rufião estimulava o cio da égua, colocava-se nela uma peia, uma espécie de arreio de charrete do qual saíam duas grossas cordas que eram fixadas em pulseiras presas nos cascos da égua, para que assim subjugada não pudesse rejeitar e escoicear o garanhão de luxo, quando ele fosse fazer a cobertura. Quase sempre o aristocrata era ajudado pelos peões na introdução do seu membro no corpo da égua, que fora tornado aquiescente e fremente pelo Rufião. Acontece que em muitas ocasiões o Rufião, que despertava o cio na égua porque fazia a fêmea sentir por ele a mesma lubricidade obsessiva que sentia por ela, o Rufião (apodo injusto para animal de tanto caráter), impelido pela sua lascívia arrebatadora, pulava a cerca que os separava e os dois animais, contra todos e sem a ajuda de ninguém, satisfaziam a paixão proibida que os consumia. Vem daí a expressão 'pular a cerca', que você deve conhecer, mais comum no interior do país, que indica um homem ou mulher casada que se engaja em atividade extraconjugal. Dessa história eu extraí os seguintes ensinamentos. O primeiro: para seduzir e comer a mulher que você ama é preciso desejá-la como um garanhão preso na cerca, e se ela não pular a cerca antes, as mulheres muitas vezes pulam a cerca antes, cabe a você pular, arruinar-se por ela, levar coices por ela, bater com a cabeça na parede por ela. Crie o efeito ricochete. Foi assim com Amanda, foi assim com Luíza, foi assim com Sílvia, que pularam a cerca antes. Segundo conselho: as mulheres gostam de falar, não pare de conversar com elas, ainda que muitas vezes o que você fala seja na verdade um exercício de comunicação onfalópsica, como no meu caso. Último conselho: quanto mais devassidão no quarto, mais respeito e cerimônia na sala e na cozinha. Mas é preciso, repito, haver amor, sem amor o orgasmo causa sempre um imenso enfado misturado com tristeza."

"Quer dizer que além da sua mulher Luíza — vocês não moram juntos mas ela é sua mulher — existe essa Sílvia?, uma mulher casada?"

"Um homem pode amar duas mulheres. É da nossa natureza."

"Fale do segundo retrato."

"Ao abrir o novo envelope, com o meu nome em letra de fôrma idêntica ao da carta com o retrato de Hilde, ao ver lá dentro o retrato, fui correndo comprar todos os jornais e revistas que havia na banca para verificar se alguma outra mulher havia sido misteriosamente assassinada. Mas nenhuma ocorrência policial dessa natureza constava das folhas e revistas. A foto no envelope era de uma antiga namorada minha, e em algum lugar dos meus arquivos eu também tinha uma foto como aquela. Regina, com os cabelos presos enrodilhados, segurava uma gata que eu dera para ela. Fiquei um longo tempo fumando e meditando. Qual era o significado daquilo tudo? quem me enviava aquelas fotos? qual o motivo? Naquela manhã realizava-se na igreja da Candelária, no centro da cidade, a missa de sétimo dia da morte de Hilde. Havia bastante gente na missa. Quando acabou, entrei na fila de pêsames. O embaixador, vestido de preto, alto, pálido, bonito, recebia as condolências com a postura adequada ao protocolo litúrgico. Quando me vi frente a ele estendi minha mão e disse, meus pêsames, senhor embaixador. Ele me olhou com desprezo e ódio, sem aceitar o meu cumprimento, ignorando ostensivamente a minha presença e as minhas palavras.

Por alguns momentos mantive minha mão de pedinte aberta para ele, sem saber o que fazer. Acho que fiquei pálido, sempre fico pálido. Afastei-me, erguendo a cabeça mas sentindo-me um cão com o rabo entre as pernas. Enquanto batia em retirada lentamente, fingindo que nada havia acontecido, uma mulher, que vinha logo depois de mim na fila, emparelhou comigo. Apressei o passo e ela também o fez, me acompanhando obstinadamente até a porta da igreja. Ele sabia de tudo, o embaixador, a mulher disse. Olhei para ela, sem nada dizer. Eu era a melhor amiga de Hilde. Continuei mudo. As suas cartas estão comigo, Hilde me pediu para guardá-las. Ah, a melhor amiga… É assim que as coisas correm pelo mundo. Um carro escuro parou na porta da igreja, um motorista uniformizado saltou e abriu a porta para a mulher. Quer uma carona? Agradeci dizendo que tinha alguns compromissos na cidade. Na porta do carro ela perguntou, posso lhe telefonar? Não respondi, a mulher entrou no carro e foi embora. Senti o sol forte do meio-dia queimando o meu rosto."

"Fale sobre Hilde."

"Até me conhecer, Hilde era uma mulher virtuosa e fiel ao marido. Por que uma mulher rompe os seus comprometimentos? Na maioria das vezes a causa é o amor, o *fogo que arde sem se ver,* isso é do Camões, que carboniza o convênio, o pacto ajustado com outro. O amor existe, repito, e as mulheres acreditam nele mais do que os homens. Hilde se apaixonou por mim como eu me apaixonei por ela. Mas para não ser chamado de romântico ingênuo, admito que o amor pode ser em alguns casos apenas uma válvula de escape, certas pessoas casadas, mesmo quando têm a maior liberdade, sentem-se numa prisão e os grilhões têm um nome, cotidiano. Os cônjuges, por mais imaginação que tenham, não conseguem fugir do desgaste resultante da manutenção da ordem, do tédio causado pela repetição das coisas que não se movem. A vida, no projeto administrativo comum que se instaura com o casamento, tem que ser metodicamente arrumada. Há o Lar, uma casa e seu sistema de demandas e condicionamentos, o pagamento em dia de contas, seguros, taxas e impostos, o carro e suas azucrinações, filhos (eu não tenho filhos mas sei que são figuras exigentes), as obrigatórias viagens (para comer e fazer compras inúteis), os médicos, os dentistas, os eletrodomésticos e outros entulhos, e tem a lavagem da roupa e dos tapetes, e a cozinha, e a cozinheira e a costureira e o supermercado, esqueci o bombeiro e as torneiras com defeito e os canos entupidos — e não estou falando de doença ou de falência, pois imagino um cenário otimista —, e isso tudo, essa vida de comprar, pagar, consertar, arrumar, lavar, passar, conciliar, ceder, foder burocraticamente, cria um sedimento que vai inchando até atolar o casal em adiposidade e tédio. E então nem é preciso surgir o cavalo Rufião. Um burro serve."

"Fale sobre Regina."

"Procurei nos meus papéis o endereço de Regina. Mas quando uma mulher saía da minha vida seus rastros se apagavam. Vestígios de Regina existiam em algum lugar, mas eu nunca os encontraria, a não ser que estivessem com os papéis que Amanda estava organizando.

Telefonei para Amanda. Você tem por acaso o endereço de Regina Castanheira? Amanda pediu um tempo para checar no computador e acabou achando o endereço e o telefone. E tem algum retrato dela?, uma mulher segurando um gato? Não, não havia retrato nos arquivos. Telefonei para Regina, perguntei se podia visitá-la. Ela abriu a porta da sua casa e me recebeu amavelmente. Perguntei pela gata, não sabia bem o que dizer, e ela respondeu que *o gato* sumira, Irina, a irmã, procurara por toda parte. Sumiu como? ele tinha uma coleira com a letra R, R de Regina, e o teu endereço. Sumiu, ela voltou a dizer, gato com coleira também some e o R era de Rex, o nome dele era Rex. Protestei, Rex é nome de cachorro, eu mesmo comprei aquela coleira e mandei colocar nela um R, de Regina. Mas virou R de Rex. A gente não põe nosso nome na coleira do cachorro, ela respondeu. De gato põe, e além do mais não era um gato, era uma gata. Reencontrar uma mulher que amei é sempre doloroso. Eu sabia que sentira muito desejo por Regina, sabia que havíamos rido muito, sabia que partilhara ardorosamente com ela prazeres do corpo e do espírito, mas não sentia coisa alguma ao vê-la naquele momento, nenhum aperto no coração, nenhum lampejo no cérebro. E eu tinha uma memória de elefante, como podia ter esquecido sensações que deviam ter sido fascinantes? É assim o amor, me atravessa como um raio, não mata e sai na urina. Regina estava maquiada, se prepara para me receber, brincos, um lenço de seda ao redor do pescoço. Você está diferente, ela disse, engordou ou emagreceu. Emagreci, respondi. E eu, estou mais feia ou mais bonita? Mandrake, você sabe que todo mundo enfeia com a idade, mesmo quando a cintura não aumenta de diâmetro e bolsas e papos não aparecem na fachada, a carne é fraca, mas eu respondi que ela estava mais bonita, que certas mulheres ficavam mais bonitas com a idade, e ela era uma delas. Regina me ofereceu um cafezinho e perguntou qual o assunto que eu queria conversar. Comecei contando a história de Hilde, do retrato que eu recebera, do assassinato. Regina lera a notícia no jornal e ficara chocada. Tirei do bolso a foto dela com o gato no colo, dizendo que a recebera depois e que acreditava que fora enviada pela mesma pessoa que me mandara a foto da Hilde. Como assim?, ela retrucou, *eu* dei essa foto para você, já esqueceu? para você ver que eu cuidava bem do gato. A gata, corrigi. Você não se lembra?, Regina insistiu, mandei a foto para você com uma cartinha, você está confuso, meu caro, anda abusando de substâncias? Protestei, minhas substâncias são café e tabaco e você sabe disso muito bem, se você me mandou uma foto igual a esta eu não sei onde a meti, isso foi há mais de cinco anos, mas recebi esta foto, que está na sua mão, pelo correio, e o remetente foi o mesmo que me enviou a foto de Hilde, posso trazer os envelopes para você ver, as letras dos remetentes são exatamente iguais. Regina serviu outro cafezinho para nós e disse, com certa melancolia na voz, há mais de seis anos que não nos vemos. Perguntei se podia fumar um charuto e após a concordância dela acendi um robusto, Partagas, você sabe, Mandrake, esse módulo é naturalmente agressivo e o seu feio e largo anel vermelho o faz parecer ainda mais insultuoso, mas eu não o escolhera por esse motivo, mas sim porque sabia que aquela conversa não ia demorar muito e o robusto é um charuto que libera o seu nutritivo sabor imediatamente. Você deixou de escrever romances, é uma pena, ela disse enquanto eu fumava, mas gostei do seu ensaio *A pele e a alma,* foi um sucesso na universidade, mas bastante controvertido. Eu respondi que queria causar controvérsia, a dúvida incita, a certeza é repousante, que não queria que meus livros ficassem na mesinha de cabeceira a fim de serem lidos à noite durante quinze minutos, como soporífero. Você fez alguma cópia daquela foto? Não, a única cópia ela mandara para mim — com uma cartinha boba, acrescentou, e você respondeu com um bilhetinho assinado Gustavo Flávio, cordialmente, nem um abraço, apenas cordialmente, mas eu entendo, a gente tinha acabado e com você quando acaba, acaba mesmo. Fingi que não ouvira e perguntei se o negativo daquela foto estava com ela. Ela teria de procurar, disse ainda que achava aquela história meio maluca. O charuto apagou e Regina mudou de assunto, não obstante me desse a impressão de que se continha para não me fazer mais perguntas. A irmã, Irina, chegou. Aproveitei para me despedir. Antes de ir embora senti vontade de dar um abraço em Regina, mas não dei. Perguntei da porta ao sair se elas tinham outra gata. Foi assim que me despedi dela. Não, elas não tinham outro gato."

3

Coloquei mais estes pedaços do quebra-cabeça numa moldura com espaço suficiente para movimentar as peças. Resumindo: uma carta fora enviada ao meu cliente, com a foto de uma ex-namorada que fora assassinada; meu cliente já se envolvera, no passado, com a morte de sua amante de nome Delfina Delamare, o chamado *caso Delamare*, um mistério que nunca foi bem esclarecido. Havia umas informações que eu queria obter de Amanda.

"Então você agora fuma charutos?"

"Adoro. São poucos os prazeres iguais ao de fumar um charuto."

"Estou de pleno acordo."

"Não fumo com você porque sei que o Gustavo ficaria com ciúmes."

"Imagino que sim. Estou ligando o gravador."

"Você carrega ele no bolso?"

"Tenho dois, esse de bolso, para as gravações dissimuladas, e aquele de mesa, ostensivo, que você viu no meu escritório."

Amanda

"Gustavo me telefonou perguntando se podia passar lá em casa, e logo que ele chegou eu disse, vem cá, vem ver o que uma mulher organizada e determinada é capaz de fazer, e levei-o à biblioteca, à biblioteca dele, com milhares de livros, a maioria sublinhados com rabiscos que eu não conseguia entender. Ele notou que o espaço onde antes havia um sofá, duas poltronas com abajures de pés altos e uma mesinha onde ficava o *humidor* dele com os charutos fora ocupado por quatro enormes arquivos de aço que considerou horrendos, e por uma mesa com um computador e uma impressora. Ele perguntou pelo quadro do Otto Dix e respondi que estava no quarto. Ele achou os arquivos muito feios e eu expliquei que eram feios mas bem-organizados, que eu arrumara todos os seus papéis, que não está tudo pronto ainda mas o arquivo já podia ser considerado funcional, e liguei o computador, provocando-o a me pedir um assunto para ser pesquisado. Ele tirou do bolso a foto de Regina, eu sabia que ela tinha sido namorada dele, e me perguntou se havia uma foto como aquela nos arquivos. Achei logo a indicação de uma das pastas, que tirei dos arquivos. Lá estava uma carta da Regina, escrita à maquina: *Querido, estou com saudades, muitas saudades, aqui vai uma foto do teu gato no meu colo. O gato também está com saudades de você. Beijos, Regina.* E a foto?, Gustavo perguntou, Regina disse que mandou uma foto junto com a carta. Mas eu não tinha aquela foto nos arquivos, devia ter ficado com ele, havia um monte de fotos no apartamento dele, numa gaveta. Lá só tem fotos da minha família, ele disse. Eu repeti que não havia retrato algum com a carta de Regina. Gustavo me contou como a carta chegara pelo correio, num envelope igual ao que continha a primeira foto que rasgara. No meio dos meus papéis não havia também uma foto da Hilde? Aquilo me surpreendeu. Hilde?, Hildegarde Keller?, ela também foi sua namorada?, impressionante, isso merece um charuto. Eu tinha uns Épicure, gran corona, da Hoyo de Monterey. Como você sabe, Mandrake, eles não têm anel, como ocorre com os charutos acondicionados em cabinets, mas Gustavo constatou-lhes a autenticidade, afagando-os de leve. Acendemos os charutos e fomos nos sentar no sofá. Eu gostava de fechar os olhos enquanto fumava. Ele olhava o charuto na sua mão, queria ver a fumaça subir e sumir no ar. Você acha que a Regina mentiu? Respondi que tinha uma teoria, as duas eram amigas, certamente sabiam do jogo duplo dele, a Regina esperava que ele se decidisse a favor dela, e a Hilde a mesma coisa. Então ele escolhera a Hilde. Regina guardou essa mágoa no peito esses anos todos — o correto seria odiar o ex-namorado, mas odiava Hilde — e ao saber da morte da rival vingou-se enviando maldosamente o retrato para ele, como quem diz, ela morreu assassinada como acontece com as vagabundas. Sugeri que mandasse fazer um daqueles exames de letra para constatar que a do envelope era da tal Regina. Gustavo quis saber por que Regina lhe enviaria, naquela carta sem remetente identificado, o próprio retrato dela. Às vezes você me surpreende com a sua ingenuidade, respondi, Regina queria um pretexto para te ver novamente, eu li a carta que ela te enviou naquela ocasião, é uma cantada, um convite, volta meu amor. Você durante cinco anos não a procurou nem se manifestou. Nesse interregno casou comigo e depois separou-se de mim e ela deve ter sabido disso, o mundo inteiro soube. As saudades de Regina ficam mais agudas, você deixa saudades, sabia? e novas esperanças ressurgem. Ela espera passar um tempo e envia dissimuladamente uma outra cópia do retrato dela com o tal gato que você lhe deu, esperando com isso retomar contato com você. E tal como planejara você vai lá e ela joga em cima de você toda a sedução de que uma mulher saudosa do amante é capaz e você cai na rede e o mundo volta a ficar cor-de-rosa para ela. Se a Luíza souber disso vai ficar puta, mas eu não vou contar nada. Gustavo protestou, Regina não tentara seduzi-lo e eu não esclarecera como ela teria obtido o retrato de Hilde. Eu disse que ela pegara talvez no apartamento dele, em algum lugar, e que enviar o retrato de Hilde para ele fora um gesto de rancor, ele parecia um bobo e eu repeti tudo de novo, Hilde era rica, bonita, elegante, mulher de embaixador do eixo Elizabeth-Arden e Regina, uma professorinha de literatura que ninguém conhecia, e quando a rival morreu assassinada Regina tirara a sua forra fazendo ele, Gustavo, ver que a bela aristocrata fora assassinada a tiros como uma marginal e virara escândalo na mídia. Gustavo ficou calado, não se interessou pelos arquivos, perguntei se queria ver o Otto Dix no quarto, ele pensou um pouco e disse que faria isso outro dia, convidei-o para irmos juntos ao cardiologista mas ele respondeu que preferia ir almoçar. Fomos para um restaurante. Quando chegamos no restaurante eu lhe pedi que continuasse me dizendo o que eu devia fazer para ser uma escritora, eu já sabia que não precisava ser inteligente, nem bondosa. Ele respondeu que tinha que me fazer uma advertência, que não estava me ensinando *como* me tornar uma escritora, não existia esse mapa da mina, que ele mencionava apenas os requisitos necessários, na verdade pré-requisitos, para esse ofício. Posso no máximo indicar o tipo de *exercício* que você precisa fazer e que pode ajudá-la nesse trabalho. Ele é muito engraçado, Mandrake, você ainda não o conhece direito e deve ter uma opinião errada a respeito dele, mas com o tempo vai gostar dele. Gustavo disse, uma mulher que tem bunda chata e quer ficar com seus dois hemisférios redondos, duros e salientes, faz ginástica localizada para definir os glúteos, eliminar a flacidez e adquirir nádegas de boa legibilidade. A ginástica do aspirante a escritor é leitura, quanto mais você ler, melhor. E você ou aprenderá sozinha lendo os outros ficcionistas (os bons e os ruins) ou não aprenderá de nenhuma outra maneira, não adianta ler os autores que ensinam a escrever romances, eles existem aos montes, poderia citar dezenas de nomes mas esses manuais (vamos chamá-los assim) pretendem dar lições sobre criação, realização e desenvolvimento de ideias, personagens, estilo, diálogos, tramas, pontos de vista, cenas, flashbacks, transições, conflitos, dénouements, revisões etc.; muitos incluem também capítulos sobre *como vender* o livro, um produto que segundo eles depende de marketing, como qualquer mercadoria. Não vou lhe dar rules of thumb, disse Gustavo batendo na mesa, nem vou lhe dizer que para escrever é preciso talento, talento é um dom natural como nascer com uma bunda bonita, e quem nasce com esses dons não precisa tanto de exercícios; e nem vou mencionar essa faculdade indefinível a que chamam sensibilidade, a qual, seja lá o que for, não se alcança por meio de adestramentos. Se para ser escritor a pessoa tivesse que ter essa coisa vaga chamada sensibilidade o número de escritores em todo o mundo seria drasticamente reduzido. Repito, ele disse, não estou lhe dando nenhuma receita para ser uma Grande Escritora, estou falando de pré-requisitos, e além do mais, para ser considerado Grande o escritor tem que passar pelo teste do CEU — Consenso, Eternidade, Ubiquidade. Tem que ser reconhecido como Grande por Todos-os-Leitores, em Todos-os-Tempos, em Todo-o-Mundo, como Homero, Dante, Shakespeare. Eu respondi que enfrentaria um dilema, o sucesso do Céu, que demora séculos para ser atingido, ou o fracasso do Inferno, que era imediato. Ele se empolgou, ele gosta de dar aulas, e disse que o primeiro requisito era Experteza, ressalvando que essa palavra ainda não existia mas era uma derivação legítima do latim *expertu*, algo que se adquire com treino e prática, como a bunda musculosa, e que essa experteza era evidentemente a de ver, ler e escrever. O escritor tinha que saber ler e escrever, ainda que Catarina de Siena tivesse sido uma boa escritora analfabeta, mas ela era uma santa e aquilo podia ser considerado um milagre. E o candidato a escritor, acrescentou Gustavo, além de ler como um desesperado deve aprender a Ver, para poder fazer o seu leitor ver também, como Conrad anota no prefácio de *The Nigger of the Narcissus*. Ibsen disse que ser poeta é, essencialmente, ver. Ver como? Essa é a questão, disse ele. Mandrake, eu me apaixonei por esse homem depois de ouvi-lo falar, me entreguei a ele por isso. Então Reinaldo chegou ao restaurante. Reinaldo odiava Gustavo."

Gustavo

"Você quer saber por que Reinaldo me odiava? Durante os dez anos em que sumi, após ter tido uma passagem turbulenta pela Pan-americana de Seguros, antes de ser escritor consagrado, fiz o vestibular para a faculdade de direito, onde conheci Reinaldo. Ele queria ser escritor, só falava nisso na faculdade; participava de todos esses concursos de contos e romances que se realizam anualmente no país, sem nunca ser premiado. Não vou ser um advogadinho de merda, ele dizia, *você* — *você* era eu — você vai ser um advogadinho de merda, eu vou ser um grande escritor. Na verdade, o curso de direito, com exceção das matérias de direito penal, não me interessava, eu gostava de escrever, mas não comentava isso com ninguém. Reinaldo publicou, às suas próprias custas, dois romances que foram ignorados pelo mundo. Só lhe restou o direito e ele, que era muito astuto, se tornou um grande advogado e ganhou uma fortuna, mas a frustração e o rancor de ser um escritor fracassado nunca o abandonaram. Enquanto isso publiquei o meu primeiro livro e fiquei logo famoso. Além disso, ele era noivo de Amanda e eu a seduzi e me casei com ela. Há outras razões, mas essas eu prefiro não mencionar."

Amanda

"Reinaldo estava acompanhado de dois homens engravatados, que se sentaram numa mesa distante.

Ele deixou os homens, que eram dois banqueiros importantes, e veio até nós. Perguntei se queria almoçar com a gente e ele respondeu que não podia, mas mesmo assim sentou-se e disse que gostava de ver um casal separado convivendo de maneira tão civilizada. Reinaldo quis saber o que eu estava anotando num bloco, era aquela coisa que eu li para você na nossa outra conversa, sobre os requisitos para se tornar um escritor, e eu respondi que o que eu escrevia no bloco também não era da conta dele, e ele disse que estava dando um jantar na sexta-feira em homenagem aos comte et comtesse Bernard de Brère, ele adora condes e duques e príncipes, e nos convidou, a mim e ao Gustavo, acrescentando a Luíza é claro está incluída no convite, e você, Amanda, leve o seu novo namorado e eu respondi de maus modos que não tinha namorado e ele foi para a mesa dele almoçar com os banqueiros. Reinaldo nunca me perdoou, esta é a verdade.

&

Na quinta-feira Amanda telefonou me convidando para jantar num restaurante. Disse que Gustavo Flávio também compareceria, que queria que eu o conhecesse melhor.

"Antes do nosso encontro nesse jantar, me diga uma coisa. Afinal, por que ele deixou de escrever romances? A morte de Delfina Delamare?"

"Você acompanhou o caso?"

"Claro. Com o assassinato dela o marido descobriu que Gustavo Flávio era seu amante e cortou um dos testículos dele."

"Não gosto que você fale assim, Mandrake."

"Desculpe."

"Acho que a tragédia, com todos os seus desenvolvimentos, nada teve a ver com essa decisão."

"Dizem que os dois últimos romances de Gustavo, *Comer* e um outro que esqueci o nome..."

"Não vou dizer. É um nome feio."

"Que esses dois livros foram fracassos retumbantes."

"Você não gosta de Gustavo."

"Ele é meu cliente."

"Você precisa conhecê-lo melhor."

No dia do jantar, coloquei o meu gravador no bolso do paletó e levei duas fitas extras no bolso. Eu sabia como aqueles dois gostavam de falar. Vou reproduzir a conversa ipsis verbis, suprimindo minhas intervenções. De qualquer forma falei muito pouco.

Logo que nos aboletamos na mesa do restaurante Gustavo disse para Amanda colocar os óculos.

"Não trouxe os óculos."

"Eu sei que você tem óculos na bolsa."

"Fico horrível de óculos."

"Não fica não."

Amanda colocou os óculos.

"Como você pode ver, Mandrake, na verdade os óculos a tornam ainda mais atraente, muitas mulheres ficam bonitas de óculos, mas ninguém consegue convencê-las disso. Hollywood criou essa bobagem, a mocinha usa óculos e nunca é notada pelo galã até que um dia ela tira os óculos e o imbecil descobre maravilhado que ela é linda."

"Não gosto de usar óculos."

"Você não quer aprender a *Ver*? Vamos trocar de lugar."

Trocaram de lugar.

"Agora vamos testar mais uma vez a sua capacidade de ver. Numa mesa atrás de mim está sentado um casal. Quero que você os observe dissimuladamente. Sente-se relaxada na cadeira, mantenha a cabeça reta e a face virada para mim de maneira que um leve desvio dos seus olhos possa mantê-los ou tirá-los da sua atenção focal. Ao responder a minhas perguntas não se curve na cadeira como se estivesse me contando um segredo, não anote coisa alguma. Fale com sua voz normal, da distância em que estão eles não entenderão o que você está dizendo, mesmo se um deles for cego."

"Nenhum deles é cego."

"Como você sabe?"

"Sabendo."

"Esse tipo de resposta leva nota zero. Como é que você sabe que um deles não é cego?"

"Porque eles se olham quando falam."

"Um cego pode fazer isso. Olhar para onde vem o som da voz."

"Os dois olham para a comida no garfo. Cego faz isso?"

"Faz. Qual a idade deles?"

"A mulher deve ter… quarenta anos."

"Como você chegou a esse número?"

"Ela pinta os cabelos."

"Mulheres de trinta pintam os cabelos. Existem pessoas que grisalham precocemente."

"Ela tem duas rugas fundas no rosto, ao lado da boca."

"Isso acontece com mulheres de trinta anos."

"Bolas, uma mulher sempre sabe a idade da outra."

"Não sabe. Uma mulher sempre dá à outra mais idade do que a dela própria. Você tem trinta e cinco anos, dará quarenta anos a qualquer mulher da sua idade."

"Eu tenho uma ruga assim do lado da boca?"

"Tem. Você não sabia?"

"Sabia, você é chato. Está bem, ela deve ter trinta e cinco anos."

"E ele?"

"Sessenta, sessenta e cinco."

"Eles são casados um com o outro?"

"Como vou saber?"

"Eles falam muito ou ficam calados a maior parte do tempo?"

"Falam o tempo inteiro."

"Discutem?"

"Não. Riem muito. Um coloca a mão sobre a mão do outro no meio da conversa. Olham-se no rosto. Parecem falar de lembranças, segredos, pecados, vínculos entre eles, só deles."

"Escrever é fazer opções. Faça a sua: eles são ou não casados?"

"Não..."

"Qual é mesmo a idade dela?"

"Trinta anos. Você é um chato."

"Eles são casados com outras pessoas?"

"Como é que vou saber?"

"Olhe para as mãos esquerdas deles."

"A mulher usa um anel de brilhantes no anular da mão esquerda que parece uma aliança. O homem não usa nenhum anel. Mas os homens usam menos a aliança do que as mulheres."

"Por quê?"

"Porque os homens são safados e as mulheres não."

"Ou a mulher por vaidade não consegue deixar de exibir sua aliança de brilhantes? Qual é a profissão dele?"

"Por quê?"

"Você não esperou chegarmos ao fim de nosso exercício semiótico."

"E qual era o fim?"

"No fim eu iria dizer para você que o papel do escritor é fazer o leitor *ver* o que ele, escritor, *viu*. E o que o escritor *vê* não deve ser necessariamente a realidade convencional. Essa nossa conversa não era para ensinar você a ver o que pode ser visto, mas a *ver o que não se vê*. Você não pode adotar a semiótica de médicos e policiais, que através dos sinais de que dispõem precisam descobrir uma verdade. Ainda não falei de um requisito importante para o escritor, que é a imaginação, falei?"

A conversa com eles, tenho que reconhecer, foi intelectualmente estimulante. Gustavo, depois do jantar, sugeriu que fôssemos para a casa de Amanda fumar uns churchill da Punch, os favoritos dele. O apartamento era de Gustavo, mas quando eles se separaram Gustavo deixara o apartamento para Amanda com tudo o que estava dentro.

"Ele levou só as cuecas e um caixote de livros", disse Amanda dando um beijo em Gustavo.

"Você quer me perguntar", disse Gustavo olhando para mim, "por que deixei de escrever romances, não quer? Todo mundo quer saber isso".

"Se você quiser explicar."

"Meu livro *Foder* foi um fracasso. Doutor Mandrake, quando pensei em escrever um livro com esse título eu tinha dezoito anos, ainda não havia publicado livro algum, e a palavra foder ainda possuía um certo esplendor abrasivo. Era uma época em que eufemismos parnasianos e metáforas filistinas eram empregados quando se falava de sexo. Mas demorei trinta anos para escrever o *Foder*, e quando o livro surgiu, o título parecia um arroubo de roqueiro juvenil. A palavra perdera o fausto, fora despojada da sua inquietante e suntuosa escabrosidade, desgastara-se no atrito da propagação excessiva."

"Não existem mais palavras ásperas, elas todas ficaram lisas de tanto rolar nos altofalantes", eu disse, instigado pelo discurso do escritor.

Pensei que ele ia pulverizar esse meu raciocínio, mas ele apenas disse, "bem sacado, isso". Depois de uma baforada, olhou para o charuto na sua mão, e eu e Amanda fizemos o mesmo, e continuou.

"Por astúcia mercadológica escrevi logo em seguida um romance sobre os prazeres da mesa, o *Comer*, mas a questão é que os deleites da mesa são sempre fruídos de maneira iníqua, e eu sentira uma certa inibição ao escrever sobre as bebidas e comidas vedadas à maioria dos mortais, pois a verdade é que a boa comida é cara e vem sempre acompanhada de especiarias, cristais, linhos, pratarias, serviçais; boa cozinha está sempre associada a comedores de boa casta e boas finanças. Meu sectarismo — um escritor sectário termina sempre fazendo proselitismo e todo proselitismo é imbecil — fez de *Comer* um dos meus piores livros. Eu afirmava com ardor catequista que os prazeres da mesa não eram tão democráticos quanto os prazeres da cama. Isso é verdade, o banquete é a mais perfeita metáfora da iniquidade, nunca é uma forma de congraçamento em torno do alimento, o ágape dos primeiros cristãos não era um rega-bofe despudorado como são as comilanças dos ricos. Por isso, no *Comer* caí na besteira de perder tempo criticando o consumismo dos abastados. Um escritor não tem que perder tempo com as pessoas em função da sua conta bancária, como Fitzgerald, que sentia uma atração deslumbrada pelos ricos. Para Scott os ricos eram *diferentes*, isto é, mais elegantes, mais bem-educados, mais bonitos, mais interessantes. E os ricos daquela época tinham o seu lema, 'living well is the best revenge', título do livro do casal de sibaritas Gerald e Sarah Murphy. Viver bem para eles era comer, beber, morar e se divertir bem. E contra quem desfrutavam eles sua melhor vingança? Contra aqueles ricos que não sabiam se entregar ao ócio hedonista e também contra os ignorantes, pobres e malvestidos que não possuíam meios para fazer aquilo. Mas dois miseráveis maldespidos na cama podem alcançar os mesmos prazeres voluptuosos dos ricos. E a melhor vingança, aliás, não é viver bem, é morrer bem."

"Maldespidos?", perguntei.

"Unhas dos pés compridas, um certo fedor de suor, deficiências de verbalização durante o ato... Maldespido é isso."

"Então você reconhece que alguma sofisticação pode tornar o ato sexual mais..."

"Mais excitante? O casal Murphy bocejava na cama, eles viravam de costas um para o outro e dormiam sonhando com as comidas e bebidas do dia seguinte, os passeios e as compras do dia seguinte. Quem tem prazer na cama são as pessoas depravadas, e isso não depende nem da educação que a pessoa recebeu, nem dos sapatos que ela usa."

"E eles, os maldespidos, podem feder que isso não atrapalha. Nem a unha grande suja do pé."

"Cheiro é como cor, não se discute. Mas existem comidas e comensais decentes e não me referi a um deles sequer. Escrevi de maneira rancorosa, mencionei os grandes cozinheiros mostrando que eles eram áulicos abjetos de reis, sátrapas, mandarins, e, modernamente, serviçais de burgueses ricos. Mas mesmo assim admiro o cozinheiro, esse simpático tipo de cortesão, pela dedicação cega à sua arte. Carême consagrava-se com a mesma abnegação a produzir um jantar íntimo para o rei ou a um banquete de mais de mil convidados, como o que apresentou no Louvre celebrando a restauração da monarquia francesa. (É de Carême a famosa frase, 'as belas-artes são a música, a poesia, a pintura, a escultura e a arquitetura. E desta, o ramo mais nobre é a pâtisserie'. Pode alguém ser mais cegamente dedicado à sua arte?) Os pratos mais refinados são, como todas as manifestações culturais, 'resultado de incontáveis gerações'; mas devemos ressaltar a contribuição de camponeses e outros pobres-diabos, que criavam, por necessidade resultante da privação, receitas de saborosas comidas regionais. Ao registrar isso, acrescentei sibilinamente que os ricos delas se apropriaram. O certo é que, em todas essas gerações, boa comida pode ser considerada um privilégio dos ricos. Eu fazia uma confrontação entre a arte de comer e a arte de foder, afirmando ser esta um festim democrático e aquela uma conspurcação dos ricos. Quando escrevi *Comer*, o livro *Foder* não me saía da cabeça. Você não pode escrever um livro para salvar outro que fracassou. De qualquer forma, ainda que reconhecendo todo o meu preconceito, foder é mesmo mais puro e poético do que comer. Por isso, no inferno de Dante 'os pecadores carnais que submetem a razão ao apetite' sofrem principalmente a 'dor de recordar o tempo feliz na desgraça', o tão comentado verso do poeta florentino, enquanto que os gulosos, enterrados até a cintura numa lama que exala um cheiro nauseabundo, são torturados pelos latidos e pelas mordidas de Cérbero, uma fera cruel e monstruosa com três goelas."

"Quer dizer que o fracasso crítico dos livros..."

"Não pense que o sujeito deixa de escrever por constatar ser apenas mais um dos praticantes daquilo que Tawney chama 'literatura *minorum gentium*', porque nenhum escritor reconhece a própria mediocridade. Só a dos outros."

Fui indelicado. "E o caso Delamare não teve nada a ver com a decisão?"

"O caso Delamare foi um aprendizado de sangue, o conhecimento assim adquirido não atrapalha o escritor. Quanto ao *Foder* e ao *Comer*, o escriba que não prevê o fracasso de algum dos seus livros não deve nem começar a escrever."

Para registrar uma parte do que se falou naquela noite eu tive que pretextar ir ao banheiro três vezes, a fim de trocar as fitas do gravador, que tinham duração de sessenta minutos cada. Gostei do jantar, dos charutos, da conversa. A verdade é que nós advogados somos sensíveis à retórica, mesmo quando desconexa, extravagante e artificiosa como a de Gustavo. Amanda conseguira o seu objetivo.

&

Esqueci-me de incluir aqui a história do jantar na casa de Reinaldo, que afinal não aconteceu, mas que tem um dado importante para esclarecer esta trama.

"Como foi o jantar na casa de Reinaldo?", perguntei a Gustavo. Estávamos no meu escritório.

"Não fui. Luíza havia dito para eu ir com Amanda, então passei à tarde na casa de Amanda para dizer a ela que iríamos juntos. Amanda disse que Luíza ficaria furiosa, mas expliquei que a sugestão havia sido da Luíza mesmo. Então Amanda me mostrou o vestido que pretendia usar. A época em que fui casado com Amanda foi uma das mais felizes da minha vida. Não sei se devo contar o que aconteceu, mas estou precisando contar isso a alguém. Mas não vou contar não."

Fiquei calado, esperando. Gustavo queria contar alguma coisa indigna e aqueles negaceios eram para me mostrar que tentava vencer os escrúpulos da sua consciência.

"Amanda apanhou o vestido num armário. Pedi, veste para eu ver."

Gustavo ficou calado, esperando um incentivo cúmplice.

"E depois?"

"Amanda tirou o short e a camisa que estava usando e ficou apenas de calcinha, me olhando com uma cara muito séria. Depois jogou o vestido no chão. Se aproximou de mim, pegou minha mão e colocou-a entre as suas pernas e disse, olha como eu estou. Mandrake, prefiro contar isso a um desconhecido como você."

"Sou o melhor desconhecido que existe."

"Eu disse, Amanda não faça isso comigo, e ela respondeu que depois que nos separamos ela não estivera com nenhum outro homem. Eu acredito nela. Foi andando na frente em direção ao quarto. Na cama nos abraçamos com força, eu disse que talvez estivesse apenas procurando um alívio para as minhas tensões e ela disse, isso, alivia suas tensões comigo. Depois fumamos dois Ramon Allones, o módulo gigante, fruímos felizes aqueles charutos de aroma refinado e generoso. Estávamos fumando quando Luíza telefonou para o meu celular para dizer que não queria que eu fosse ao jantar do Reinaldo com Amanda. Confesso que estou perturbado. Amanda disse que tem todo o direito de ir para a cama comigo, que foi minha mulher e que não iria atrapalhar a minha relação com Luíza."

"Não se esqueça da Sílvia. Você está com as mãos cheias."

"Luíza andava desconfiada de que eu estava indo para a cama com Amanda, mas ontem foi a primeira vez, palavra de honra. Luíza diz que apresentou uma porção de amigos a Amanda, homens ricos e bonitos e solteiros. Eu disse, vai ver Amanda gosta de mulheres, e Luíza respondeu que ela fumava charutos mas não gostava de mulheres."

4

Regina Castanheira, aquela ex-namorada de Gustavo, a da foto com o gato, foi encontrada morta dentro do automóvel, na porta da sua residência. A polícia suspeitava que ladrões haviam tentado roubar o seu carro e que ela resistira, sendo assassinada. O quebra-cabeça começava a ficar interessante. Telefonei para Gustavo e dei-lhe a notícia.

Gustavo Flávio irrompeu pelo meu escritório, nervoso, acompanhado de Amanda.

"Foi a mesma pessoa que matou Hilde. Acho que está na hora de falarmos com o seu amigo da Homicídios."

"Por falar nisso, ontem à noite o que foi que você fez?"

Gustavo, depois de alguma hesitação, respondeu que passara a noite inteira em casa sozinho.

"A situação é a seguinte", eu disse. "Quando liguei para o Raul e lhe disse que queria ir vê-lo com um cliente e disse o seu nome, antes que eu falasse mais alguma coisa Raul respondeu que desejava falar com você sobre o assassinato da Hilde. Por quê?, perguntei. A gente conversa sobre isso aqui na delegacia, ele respondeu. Preferi não adiantar nada sobre a morte de Regina. Vamos ver primeiro o que ele tem a dizer."

Amanda quis ir também, mas eu não deixei.

&

Raul nos recebeu amavelmente. Cumprimentou Gustavo Flávio, me deu um abraço.

"Senhor Gustavo Flávio, o dr. Mandrake me falou que o senhor quer conversar comigo. Por coincidência eu também queria conversar com o senhor."

"Quem começa?", perguntei.

"O senhor Gustavo Flávio, por favor."

"Ele quer lhe falar sobre o assassinato da senhora Hilde Keller", eu disse, olhando intensamente para Gustavo, dizendo com o meu olhar, não vá além disso.

Gustavo contou tudo o que havia ocorrido, sem omitir nenhum detalhe. Raul não fez nenhuma pergunta enquanto ele falava.

"Essa nossa conversa de hoje é informal. Depois o senhor terá que fazer um depoimento em cartório."

Não gostei do tom de voz dele. "Qual é o problema, Raul?"

"Nos autos do inquérito da morte de Hilde Keller o marido dela, o embaixador Germano Keller, declarou que há alguns anos o senhor Gustavo Flávio, com repugnante persistência, assediou a esposa dele com propostas indecorosas. Para evitar um escândalo ou coisa pior, repito as palavras do embaixador Keller, e atendendo a um apelo da sua esposa, o embaixador sentiu-se obrigado a renunciar a uma importante função que exercia junto ao governo federal e a pedir remoção para um posto no exterior. Ele disse que sua esposa queria ficar o mais longe possível do senhor, de suas infames investidas. Disse ainda, estou novamente repetindo as próprias palavras do embaixador, que só não lhe deu um tiro na cara para não desgraçar a própria família. E finalmente acrescentou que não se surpreenderia se o senhor, um homem rancoroso e vingativo, fosse o assassino de sua esposa."

"Só agora você me diz isso, Raul?", perguntei, irritado.

"Esse Keller é louco", protestou Gustavo.

"O senhor assediou sexualmente ou não a esposa do embaixador? Como lhe disse antes, este seu depoimento é totalmente informal, mas não posso deixar de tirar dele deduções que talvez venha a usar no inquérito. Quanto mais veraz o senhor for, melhor para nós dois. Se quiser consultar o dr. Mandrake antes de responder não me oponho."

"Não preciso consultar ninguém. Duvido que ela tenha dito isso a ele."

"O senhor não respondeu a minha pergunta. Não perguntei se ela disse ao marido que o senhor a havia assediado sexualmente. Ela não ter dito ao marido não quer dizer que isso não tenha acontecido."

"Claro que não a assediei sexualmente. Esse sujeito é um mentiroso. E que motivos eu teria para matar a mulher dele? Ele, sim, tinha motivos."

Perguntei a Raul se ele podia nos deixar a sós por alguns instantes.

"Fiquem à vontade", disse Raul saindo da sala.

"Gustavo, você acabou de dizer que o embaixador, sim, tinha motivos para matar a mulher. Essa sua frase tem uma única interpretação, não é? Você mantinha relações íntimas com a mulher dele, dando-lhe motivos para uma reação violenta."

"O delegado não fará esse raciocínio. Posso acender um charuto? É um corona gigante, da Ramon Allones, um charuto possante e insolente, trouxe para me defender do delegado. Fuma um comigo, trouxe dois."

Acendemos os charutos. "Sublime", eu disse, depois da segunda baforada.

"São difíceis de achar. Amanda me deu uma caixa."

"Posso chamar o Raul?"

"Pode. Estou muito pálido?"

"Nunca vi ninguém tão pálido na minha vida."

"O que digo a ele?"

"Nada. Fica calado. Deixa ele falar."

Raul voltou e sentou-se à sua mesa. Eu e Gustavo demos mais algumas baforadas, enquanto Raul fingia ler um papel sobre a mesa.

Mas Gustavo não conseguiu ficar calado.

"Um cavalheiro deve fazer tudo para proteger a reputação de uma senhora respeitável", ele disse, sem dar importância ao meu gesto. (Eu colocara o dedo indicador sobre os lábios.) "Ainda mais depois de ela ter morrido."

"Muito justo", disse Raul. "Senhor Gustavo Flávio, o que o senhor me disser agora não constará dos autos. O que não está nos autos não está no mundo."

"Acho que por hoje chega. Eu lhe telefono, Raul", eu disse, me levantando.

"Esse aforismo, o que não está nos autos não está no mundo, sempre me perturbou", disse Raul, mantendo-se sentado. "Mandrake, você sabe como faço os meus inquéritos."

Voltei a me sentar. Fumamos mais um pouco enquanto o Raul vigiava Gustavo, sem olhar diretamente para ele, como um gato faz com um rato cansado à sua mercê.

"Você tem mais uma carta na manga, Raul. Anda, tira ela para fora", eu disse.

"Quem deve ter um ás na manga é você, Mandrake", disse Raul de bom humor. "Te conheço desde o ginásio."

"Gustavo, conta para ele o episódio da Regina Castanheira."

Gustavo contou para Raul tudo o que se referia ao recebimento da foto de Regina, sua visita à casa dela.

"Confere com o depoimento da irmã dela, Irina", disse Raul.

"Raul, que tipo de jogo você está fazendo com a gente? Se já sabia de tudo, por que não disse logo?", esbravejei.

"Eu é que pergunto: por que você instruiu o seu cliente a me sonegar essa informação? Vou ser franco com você. Tenho que investigar o seu cliente. Quero deixar claro que o caso Delamare, no qual ele esteve envolvido, não será exumado por mim."

"Porra, Raul, agora acabou a conversa de amigos. Você está querendo dizer que o meu cliente matou essas duas mulheres? Isso é um absurdo!"

"Eu não disse isso. A conclusão é sua."

"Vamos embora, Gustavo."

"Um relatório do Instituto de Criminalística diz que o projétil que matou dona Hilde foi disparado pela mesma arma que matou Regina Castanheira", disse Raul.

"Essa dona Regina...", disse Gustavo.

“Vamos embora”, eu disse, atirando com um gesto ríspido o Ramon Allones na lata do lixo do escritório de Raul. Sabia que esse gesto de sacrilégio, um Ramon Allones jogado fora pela metade, calaria a boca de Gustavo.

Raul levantou-se e nos levou até à porta. “Como vai a Bebel? Dê minhas lembranças a ela.”

“Nós nos separamos.”

“Sinto muito. Ela era uma boa menina. Passa lá em casa para tomarmos um vinho.”

“Eu telefono.”

Quando entramos no carro perguntei a Gustavo se ele estava escondendo alguma coisa de mim. “Olha aqui, Gustavo, mentir para o próprio advogado é mais que burrice, é sandice.”

“Por que você jogou o Ramon Allones na lata do lixo? Você ficou tão puto assim com o seu amigo delegado?”

“Jogo de cena. Pra você parar de falar inconveniências e darmos o fora dali, pois não sabia qual estratégia usar, que é o que acontece sempre que o cliente mente para o advogado. Mas não enganei o Raul com a minha mímica. Ele percebeu que eu ganhava fôlego. Aquele filho da puta é muito esperto. Ele está mentindo quando diz que o caso Delamare não vai ser levado em consideração."

"Pensei que era seu amigo."

"Ele *é* meu amigo. Mas ter o Raul do outro lado é uma parada indigesta. E ele não livra a cara de ninguém, é um tira fanático que adora casos difíceis. Ele já tem dois suspeitos, você e o embaixador. Raul gosta de ferrar gente importante. Ele me disse, diga ao seu cliente que eu não sou o Guedes. Quem é esse Guedes?"

"Um tira que trabalhou nas investigações da morte de Delfina Delamare."

"O embaixador conhecia Regina?"

"Não tenho a menor ideia."

"Ele vai poder trabalhar devagar, como gosta. O embaixador não quer publicidade, a mídia, que só se interessa por escândalos que causem bastante alvoroço, acredita que as mulheres foram assassinadas por vagabundos em assaltos rotineiros, o que dá apenas uma notícia em página de dentro e dez segundos na televisão. Então o Raul vai conseguir o tempo que quiser para terminar o inquérito policial."

Fomos para o meu escritório e fiquei fazendo perguntas a Gustavo durante horas, mudei várias vezes a fita do gravador. Quando lhe pedi que falasse de Reinaldo ele voltou a mentir para mim, não sei que mentiras eram, mas ele mentia.

Gustavo me perguntou, quando nos despedimos, se podia me fazer uma pergunta de natureza pessoal. Respondi que sim.

"Como é a sua vida sentimental? Você sabe tudo sobre a minha."

"Eu sempre tive várias mulheres até que resolvi ficar com uma só. Não deu certo."

"Está sozinho agora?"

"Não, tenho duas mulheres, mas não moro com nenhuma delas. Quando ficar sozinho, e isso não vai demorar muito, vou morar com um cachorro", respondi. "Posso fazer a minha pergunta de natureza pessoal?"

"Pode."

"Por que você escreve, se tornou um escritor?"

"Fizeram essa pergunta ao Philip Roth e ele respondeu que teria que passar o resto da vida respondendo. Pergunta outra coisa."

Não perguntei mais nada.

5

Recebi, de Gustavo, uma longa carta.

Dr. Mandrake. Já foi dito que a pessoa escreve para conquistar fama, poder, mas como advertiu Sartre isso pode ser mais bem alcançado por outros meios. Também dizem que o escritor procura se libertar de alguma coisa; ou quer escapar da realidade, ou entender o mundo, ou compreender a natureza humana. A lista dos possíveis motivos é muito extensa.

Em 1985, o jornal francês *Libération* perguntou a quatrocentos escritores de oitenta países diferentes: *Pourquoi écrivez-vous?* Salman Rushdie disse que escrevia porque amava mentir — isso foi antes de *Satanic Verses*. A razão que levou Naipaul a escrever foi querer ser famoso e, assim, ser livre. O prêmio Nobel nigeriano Wole Soyinka explicou que o seu lado masoquista é que o fazia escrever. Carlos Fuentes escreve porque é uma das raras coisas que sabe fazer. A resposta de Philip Roth você já conhece, Mandrake. Já para Joseph Brodsky todas as vocações literárias começam com uma aspiração à santidade. Alguns dos quatrocentos escritores fingiram não levar a sério a pergunta do *Libération*. Manuel Vázquez Montalbán afirma que começou a escrever "porque queria ser alto, rico e famoso"; Lawrence Durrell porque "queria se vingar" e acrescentou, "uma pergunta idiota tem que ter uma resposta idiota". Anthony Burgess, quando tinha quarenta anos, em 1965, ouviu do seu médico que iria morrer dentro de um ano devido a um tumor inoperável no cérebro;

Burgess decidiu que ia usar os doze meses de vida que lhe restavam escrevendo. E escreveu seis livros nesse período — e muito mais nos anos que se seguiram. Talvez seja essa a maior de todas as motivações para alguém tornar-se um escritor, para o artista criar: o conhecimento que o ser humano tem da sua própria finitude, a certeza de que vai morrer. (Vide Nietzsche.) Mas o certo é que não importa qual o tipo de motivação, consciente ou inconsciente, eu falei isso para a Amanda, que diz que quer ser escritora, o importante é que a vontade seja muito forte. Mas basta isso? O Reinaldo tinha uma vontade pervicacíssima de ser escritor e no entanto os seus dois livros eram uma merda. Todos esses escritores cus de ferro fecundos e medíocres se caracterizam pela sua determinação extremada. Motivação é importante, mas o aspirante precisa ter outras virtudes, se tiver tempo eu lhe escreverei outra carta, com cópia para Amanda dizendo quais são elas.

E quanto a mim, o que me levou a tornar-me um escritor? Acho que a resposta é uma só: eu gostava tanto de ler que naturalmente passei a escrever. Lembro-me de que, ainda muito jovem, certas leituras me davam uma incoercível vontade de escrever — recordo-me, particularmente, de *Un coeur simple,* do Flaubert. O destino normal do leitor fanático é se transformar num escritor. Na verdade, todo leitor e qualquer leitor reescreve o livro que lê durante o processo de leitura. Vivo falando disso nos meus ensaios. Mas creio que a minha motivação para escrever tem algo a ver com a paixão que tenho pelas mulheres. Há pessoas que por comodismo, prudência, religião, avareza evitam ficar à mercê das paixões amorosas. Essas pessoas ou se entregam compensatoriamente às obsessões aquisitivas — dinheiro (não só os avarentos), propriedades, bens, honrarias, erudição, saber ("é da natureza do ser humano desejar o saber", Aristóteles) — ou criam um rígido sistema de proteção moralista e deontológica; o dever principal é evitar a qualquer custo a influência nefasta do amor carnal — o desejo escraviza, a ascese liberta. Montaigne se orgulhava de ser pouco predisposto às paixões violentas — "tenho uma sensibilidade naturalmente grosseira e a torno ainda mais espessa e empedernida mediante raciocínios diários". O supremo prazer físico dessas pessoas é defecar. Defecar é aliviante, é prazeroso, é saudável, é seguro, é barato, é inocente, é natural, é higiênico, ainda mais se você depois se lavar com sabão no bidê. E também pode ser educativo e intelectualmente excitante — são incontáveis aqueles que adoram ler e meditar quando estão desonerando os intestinos no recesso secreto e apaziguante do seu banheiro. Lutero concebeu as mais importantes das suas 95 *Teses* revolucionárias, que fizeram dele a maior figura da Reforma Protestante, sentado num vaso sanitário. A minha paixão é a mulher. Quando ando pelas ruas sempre encontro mulheres que me atraem sexualmente. Sempre. E quando falo em atração não quero dizer um interesse igual ao que sinto quando vejo uma árvore de grande porte, um computador top of the line, um cavalo puro sangue, uma caixa churchill da Punch. O meu fascínio pelas mulheres é tanto que sinto vontade de gritar — claro que não grito, não sou tão maluco assim, apenas murmuro entre dentes o que me vem à cabeça, interjeições, caramba! puta que pariu! — e paro, e viro o pescoço quando elas passam por mim e sinto uma emoção igual à que a leitura de certos poemas me proporciona. (Livro de poesia não rasgo nunca, nem mesmo aqueles medíocres cheios de dores de cotovelo.) Quando vi Sílvia senti essa emoção. Tentei me controlar, afinal eu amava Luíza, a Sílvia era casada e não gosto de me envolver com mulheres casadas. (Você, Mandrake, que conhece o meu passado, dirá, e Delfina Delamare? Está bem, cometi, com Sílvia, o mesmo erro novamente; porém o caso com Delfina foi aquela desgraça, me deixou infeliz mas não me escarmentou.) Freud disse que temos que admitir a possibilidade de que "alguma coisa" na natureza do instinto sexual é desfavorável à obtenção de uma satisfação completa. Que "*alguma coisa*" é essa? Freud está sendo inadmissivelmente vago. Sempre achei, com a leviandade que a minha condição de leigo permite, que Freud *não era* um bom fodedor, e que o sexo que ele praticava não lhe dava uma satisfação completa, e que isso o deixava frustrado e perplexo. Mas afinal, que apetite da natureza humana é saciado completamente? Sou obrigado a voltar a esse assunto fedorento da eliminação de matéria fecal. Como pouco sei sobre a vasta obra de Freud (mas sei que ele fumava cerca de vinte charutos por dia, o primeiro logo ao acordar, o último antes de deitar para dormir, e morreu disso, lamento admitir), é possível que em algum dos seus tratados Freud tenha confessado ser ele também um daqueles indivíduos a que me referi antes, cujo único prazer plenamente satisfatório é defecar. *Tudo* na natureza da defecação — depuração, purificação, eliminação de resíduos inúteis — é favorável a uma satisfação completa. Isso pode ser uma verdade absoluta para muitos, para todo mundo, mas não é para mim, talvez porque em nenhum momento da minha existência sofri de prisão de ventre. Mas não pense que não me senti culpado por desejar Sílvia, a mulher de outro. Cheguei a pedir ao meu médico, o dr. Plinger, que me conseguisse um remédio para diminuir a minha libido, mas esses remédios que tiram o tesão são uns embustes iguais àqueles que se dizem afrodisíacos, como o pó-de-chifre-de-rinoceronte, o predileto dos japoneses. Em suma, as duas caixas de remédio que o dr. Plinger receitou apenas me deram azia e dor de cabeça. Tenho feito muitas coisas idiotas na minha vida, mas essa de pedir um remédio broxante ao dr. Plinger foi a mais idiota de todas. Devo me aceitar como sou, até o conselheiro Acácio sabia disso. Hoje à tarde vou me encontrar mais uma vez com Sílvia. Se Deus existisse eu pediria perdão a Deus, mas não deixaria de comer Sílvia. Como Deus não existe, faço a mesma coisa sem pedir perdão a ninguém.

Bem, agora você sabe por que eu escrevo.

&

Se tivesse apenas ouvido aquelas palavras que Gustavo escreveu na carta eu teria ficado impressionado com a clareza do seu raciocínio, a força do seu vocabulário, a elegância do seu estilo iconoclasta. Mas lendo-as, elas não passavam de um amontoado de sofismas. Se ele seguisse a profissão, seria um bom advogado nos casos de crimes contra a vida, os jurados o adorariam.

Gustavo

"Ainda era cedo, Sílvia só viria à tarde. Tomei café com leite, duas torradas bem tostadas, com manteiga, e acendi um Patricia, um pequeno corona da Juan Lopez, um perfeito companheiro para o café da manhã. Apanhei um livro ao acaso numa das pilhas feitas por Amanda, o *Discorsi della vita sobria,* de Luigi Cornaro. Cornaro gostava de andar a pé pelos montes Eugâneos, onde tinha uma bela casa com jardins com água corrente. Ajudava os vizinhos a cultivar a terra, costumava visitar a cavalo as cidades próximas para conversar com os amigos. Também sentia prazer em brincar com seus onze netos. Acreditava que sua boa saúde devia-se a uma dieta rigorosa, à sua constante alegria e a ser livre 'de perturbações de ânimo e de pensamentos repugnantes'. Quais seriam esses pensamentos repugnantes? Depravações sexuais, impulsos homicidas? Desejos asquerosos de se empanturrar com presunto de Parma? Infelizmente Cornaro não esclarece isso para o leitor. O certo é que morreu feliz em Pádua, com mais de cem anos, em 1565. Sinto prazer ao ler em italiano, desde os tempos da faculdade — Carrara, Beccaria, Impallomene, Ciampolini, Altavilla, Stoppato, Manzini, aquela turma do direito criminal, a única matéria que me interessava na faculdade. Gostei de ler o livro de Cornaro, não por ser a vida de um homem exemplar, mas por saber que a alegria de viver pode ser alcançada com simplicidade. Cornaro seria um homem alegre, mesmo se não fosse um nobre rural levando uma vida confortável, porque amava a terra, as pessoas e os cavalos. Quanto a mim, não fosse um cético certamente seria mais alegre, mas nunca como um desses pândegos desfrutáveis que abundam nas artes e na política. Mas a pouca alegria que tenho me basta, apenas não sei se me levará a viver cem anos, ainda que eu ame as mulheres e os cavalos. Então você me telefonou dizendo que Regina Castanheira havia sido assassinada. A primeira coisa que fiz foi telefonar para Sílvia para desmarcar o nosso encontro. Disse que não podia me encontrar com ela, uma amiga minha morrera assassinada. Que amiga?, ela quis saber, e eu disse o nome da Regina. Ela retrucou dizendo que eu nunca havia mencionado nenhuma amiga de nome Regina Castanheira. Expliquei que não a via há muitos anos. E isso é motivo para não nos encontrarmos?, ela perguntou, só nos vemos uma vez por semana, estou com saudades, saudades de fazer aquelas loucuras, você não via essa Regina há muitos anos e ficou tão chocado que perdeu a vontade de me ver? Reinaldo me disse que encontrou você com Amanda num restaurante e que vocês pareciam dois namorados, você está andando com sua ex-mulher? Que diabo de homem você é, um tarado sexual? Expliquei que não estava namorando a Amanda num restaurante, almoçávamos juntos e o Reinaldo sentou-se à nossa mesa por instantes e até comentou que admirava ver um casal separado conversando civilizadamente. Pedi, Sílvia, por favor, tenha um pouco de paciência, depois te conto tudo, eu te amo. Ela disse, você sabe que as nossas quartas-feiras são sagradas."

6

Festina Lente, a frase de Augusto, via Suetônio, que Gustavo gostava de citar, era para ele sinônimo de *paciência*, um dos requisitos exigidos do escritor. Sobre o assunto ele me escreveu outra carta.

Mandrake. Essa paciência simbolizada pela Festina Lente não é a referida por Milton, no *Paradise Lost*, que "serves only who stands and waits"; não aludo, portanto, à disponibilidade servil dos garçons, tampouco ao esperar manso e submisso dos doentes inválidos, mas à capacidade de enfrentar com autocontrole vicissitudes e dificuldades até chegar o momento certo de acabar com elas. Paciência como perseverança, que pode ser simbolizada pela frase de Augusto, que parece mas não é um paradoxo, é assim que se ganha a maratona da vida, devagar e sempre. Agindo dessa maneira, Augusto derrotou os exércitos de Bruto, Cássio e Pompeu e obteve sua vitória naval contra Antônio e Cleópatra (os dois, como desvairados personagens românticos, se mataram) e afinal controlou todos os territórios romanos e foi feito imperador pelo Senado de Roma. Ainda a favor de Augusto: além de saber usar a virtude da paciência, foi um munificente protetor das artes e das ciências, patrono de Virgílio, de Ovídio, de Horácio. "Our patience will achieve more than our force", disse Edmund Burke. Você precisa paciência para permanecer escrevendo o seu romance, como Flaubert, por exemplo — não precisa me telefonar, Amanda, para quem estou enviando cópia desta carta, vivo falando no Flaubert, eu sei —, escrevendo até ficar saturado com o que escreve e sentir uma necessidade vital de se livrar do livro. Pois como disse Valéry do poema, também um romance nunca é terminado, ele é abandonado pelo escritor. Há um momento em que a paciência não serve mais para nada (temos que saber disciplinar nossas virtudes), e a decisão de abandonar o romance tem que ser tomada pelo escritor. Flaubert soube quando abandonar *Madame Bovary*, após cinco anos de trabalho paciente procurando *le mot juste*. Mas não soube quando se livrar de *La tentation de Saint-Antoine*, que escreveu e reescreveu durante trinta anos. Escrever é tomar decisões, constantemente.

&

Gustavo

"Em suma, eu estava enrascado. Acabara de descobrir que nunca deixara de amar Amanda, ou ela, astutamente, nunca permitira que eu deixasse de amá-la.

Naquele momento eu tinha três mulheres na minha vida, Sílvia, a mulher de corpo mais perfeito do mundo, por quem sentia uma irresistível atração física; a frágil Luíza, que esperava casar-se comigo; e Amanda, aquela com quem eu fumava charutos, com quem eu mais gostava de estar, de conversar, de rir.

Chegando em casa liguei para Amanda mas ela não estava. Luíza tinha ido a um desfile em São Paulo e era uma boa oportunidade para eu e Amanda ficarmos juntos. Deixei recado na secretária eletrônica. Quando tomava banho, o celular, que eu colocara em cima da tampa da privada, tocou. Era uma voz feminina dizendo que queria falar comigo, eu não a conhecia, ela se chamava Farida Sabah, não está lembrando de mim, da missa de Hilde?, perguntou. Era a mulher que na porta da igreja me dissera que Hilde lhe dera as cartas que eu escrevera para ela. Hilde, ela disse, pediu-me que as guardasse, acrescentando que as cartas eram muito, muito comprometedoras, Hilde confiava muito nela, eram muito amigas. E perguntou o que devia fazer com as cartas.

Respondi, ponha fogo nelas. O senhor acredita que eu faria isso?, ela disse indignada, não conseguiria, as cartas tinham valor histórico, eu era um escritor famoso. Retruquei, quando eu morrer, em pouco tempo ninguém saberá que existi, e ela disse, pelo contrário, essas cartas valerão uma fortuna. Manda para mim pelo correio registrado, pedi, anote meu endereço, por favor. Ela respondeu que não faria isso, que preferia entregá-las a mim pessoalmente, as cartas eram muito comprometedoras, afinal Hilde fora assassinada. A tal Farida, que possuía um carro de luxo com motorista, pretendia me vender as cartas? Mas era melhor não perder tempo com conjeturas. Eu disse que estava com hóspedes em casa, perguntei se podíamos nos encontrar em algum outro lugar. Que tal na minha casa?, e me deu um endereço na avenida Delfim Moreira. Como não era muito distante da minha casa, caminhei até lá. Era um prédio de luxo exibicionista, com fachada de vidros ray-ban azul espelhados. O porteiro anunciou o meu nome pelo interfone antes de me autorizar a subir. Um copeiro uniformizado abriu a porta, d. Farida já vem, disse, conduzindo-me para uma sala decorada com conspícuo requinte. Depois de ver aquela sala eu esperava que Farida aparecesse cheia de joias e enfeites, mas ela usava um vestido longo preto e tinha apenas um anel na mão direita. Obviamente queria me comover, todas as mulheres que leram os meus livros quando querem me impressionar se vestem de preto no nosso primeiro encontro, cansei de escrever que as mulheres só deviam se vestir de preto. Como aquelas velhas portuguesas e espanholas. Ela disse ser um prazer imenso conhecer seu escritor favorito. Era uma mulher com curvas no corpo, de cabelos negros. Apertamos as mãos. Pediu-me que sentasse, mandou o copeiro trazer o cafezinho, que realmente era muito bom. Elogiei o café, pedi outro. Ela explicou que tinha uma máquina de café expresso italiana, comprada em Milão, sabia que eu conhecia Milão, meu romance *A fuga* se passava todo em Milão. Caminhou até uma mesinha da sala, ensejando-me a oportunidade de poder observá-la em movimento. Somente quando uma mulher se movimenta é que você pode ver a sua simetria, a *medida* — o belo, o perfeito, o suficiente — como referida no diálogo de Sócrates e Protarco, no *Filebo*, de Platão, você sabe disso, Mandrake. Voltou da mesinha com um envelope pardo volumoso na mão, aqui estão as cartas, todas elas. Perguntei se podia abrir e ela disse claro, são suas. As cartas, dentro do largo envelope pardo, estavam presas por uma fita azul de seda. Apanhei uma delas por curiosidade e comecei a ler. Fiquei impressionado com a minha linguagem despudorada e parei a leitura. Devo ter ficado pálido. Guardei o maço de cartas no envelope pardo. Hilde me contava tudo, ela disse. Então perguntei se Hilde lhe contara o dia em que fizemos amor estando ela com a perna quebrada e engessada, devido a uma queda de cavalo. Farida ficou ruborizada, respondeu com voz firme que Hilde lhe contara tudo no dia seguinte. Perguntei se podia acender um charuto e ela respondeu que adorava o cheiro de charuto, seu finado marido fumava charutos cubanos. Certa vez Amanda me disse que eu era infiel em matéria de mulheres e marcas de charutos, o que aliás pode ter sido a causa da nossa separação. Gosto de trocar de marcas e meus charutos são trazidos especialmente para mim por uma importadora do Rio. Levara comigo um Slenderella da Rafael Gonzalez, um módulo panatela, de sabor consistente, ainda que suave, ótimo para fumar com o estômago vazio, o que é raro nos cubanos. Amanda gostava muito dos Slenderellas. Acendi o panatela para poder entender melhor o enigma à minha frente. Quando o meu marido morreu eu me mudei de São Paulo para o Rio, ela disse. Se uma mulher começa uma história nesses termos, quando meu marido morreu, sempre me preparo para ouvir uma longa cantilena. Ela continuava tendo casa em São Paulo, nos Jardins, um casal da maior confiança trabalhava para a família havia muitos anos, assim ela podia ficar tranquila contemplando o mar da sua janela no Rio, certa de que sua casa em São Paulo estava sendo bem-cuidada. Tinham (o marido morrera havia quanto tempo, para ainda ter presença verbal na conversa de Farida?) também uma fazenda, mas nesse aspecto ela não estava tão sossegada, o capataz, que era muito bom, se separara da mulher e casara com uma mocinha que só pensava em morar na cidade, influenciada pelas novelas da televisão, que mostram uma vida interessante, de aventuras, beijos apaixonados na boca, ambientes ricos que essas mocinhas nem sabiam que existiam. Enquanto Farida falava eu tentava decifrar a charada que se interpusera entre nós, incômoda como um biombo chinês, um enigma criado por algo que ela dissera. Mas não seria difícil decifrá-lo, quanto mais ela falasse, melhor. O problema é que, como já disse, tenho uma suscetibilidade aguda aos encantos femininos, e ainda que minhas preferidas sejam as magras, o corpo sólido mas ágil de Farida me afetava prejudicando minha análise das ambiguidades que me rondavam a cabeça. Ela continuou a falar, descobrira que adorava o mar, o Rio era a cidade mais bonita do Brasil, era uma pena que tivesse tanta gente pobre. Em São Paulo, onde morava, não se viam os pobres, mas no Rio eles estão em toda parte. No Rio eles são mais visíveis, você prefere não vê-los, eu disse. Não, ela preferia que eles não existissem, em nenhuma parte do mundo, e decidira dar uma parte do seu dinheiro para os pobres, anonimamente, já pedira ao advogado para providenciar a melhor maneira de fazer isso. Perguntei se o marido falecera havia muito tempo. Dois anos, ela respondeu, e vou lhe dizer uma coisa, meio constrangida, a leitura dos seus livros me ajudou a suportar a dor e a perda que sofri. Sim, ela daria dinheiro para os pobres, havia algo em seu olhar que confirmava isso. Farida saiu do seu lugar e postou-se à minha frente. Recorto todas as suas fotos que são publicadas e tenho todos os seus livros. Venha. Coloquei o panatela num cinzeiro. Ela me levou por um corredor até um cômodo com estantes cheias de livros que ocupavam todas as paredes até o teto. Os seus estão aqui. Farida possuía todos os meus livros, os romances, os ensaios. Nossos corpos ficaram muito perto enquanto ela me mostrava a longa fileira dos meus livros na estante. Quando fui tirar um dos livros, ao acaso, ela segurou na minha mão. Beijei a mão dela. Ela beijou a minha. Logo estávamos nos beijando na boca, com avidez, como nas novelas que as mocinhas do interior gostam de ver. Depois ela arrumou o vestido e o cabelo e retirou-se, deixando-me só. Fiquei lendo as lombadas dos livros dispostos nas estantes, havia de tudo, poesia, romance, ensaio, livros sobre agricultura e pecuária, biografias, ensaios filosóficos, grossos catálogos de arte. Antes que eu visse tudo, Farida voltou. Dispensei o copeiro, a arrumadeira e o motorista, não vamos precisar deles, vamos?, disse, mas não havia qualquer malícia na sua voz. Fomos para o seu quarto. Farida se desnudou com recato, o corpo dela possuía contornos suaves. Deitamos na cama, notei que ela ficou feliz com os sinais explícitos de excitação que minha natureza exibia. Nós não devíamos usar aquilo?, ela perguntou. Um homem precavido deve sempre ter com ele um par de charutos e um pacote de (muitas) camisinhas. Mas eu não era assim tão previdente. Você não tem aqui na sua casa? Por que eu teria uma coisa dessas na minha casa? Cada vez o mistério daquela mulher se aprofundava mais. Tem uma farmácia que nunca fecha lá no fim do Leblon, eu disse, sabendo que seria anticlimático eu me vestir e ir à farmácia comprar camisinha (pedir pelo telefone seria constrangedor, nas circunstâncias). E, principalmente, nós dois estávamos muito ansiosos. Confio em você, ela disse. No meio da nossa cópula ela suspirou, disse, não faço isso há tanto tempo que até já tinha esquecido como é bom. Já era dia quando saí da casa de Farida levando comigo as cartas de Hilde. Eu cometera três erros, Mandrake. O primeiro fora infringir a regra essencial, não copule sem camisinha com quem confia em você, pessoas confiantes são imprudentes, sem discernimento. Mas as chances de Farida ter uma doença venérea qualquer — e ainda mais infecciosamente mortal — eram remotas. O outro erro fora deixar de esclarecer as falsidades de Farida. Eu nunca fora para a cama com Hilde estando ela de perna quebrada e engessada. Essa história era de um dos meus contos. Farida mentira ao dizer que Hilde lhe contara aquilo, e também ao dizer que havia lido todos os meus livros. Não ter esclarecido as razões da sua mendacidade me deixara inquieto. Como disse o inglês Samuel Butler, I do not mind lying, but I hate inaccuracy. E o último erro: apesar de já ter uma vida galante complicada, me envolvera com mais uma mulher.

&

Carta enviada a Amanda por Gustavo, cedida por ela.

Amanda, em primeiro lugar, *un cigare ne doit être allumé ni trop vite ni trop lentement, mais régulièrement à petites bouffées.* (Zino Davidoff) Os cuidados sugeridos por Zino, gravados em seu pacote de longos palitos chatos de fósforos de cabeça rubra, valem para todos os módulos, a maneira de acender o charuto vai influir na sua combustão. E o fumo do charuto deve ser aspirado com deliberada lentidão, de maneira a permitir-lhe tocar e envolver o palato do fumante com seu sabor. As mulheres têm uma relação ansiosa com o fumo, acendem os charutos muito depressa e os sorvem com a sofreguidão dos fumantes de cigarro. O churchill, pelo seu comprimento (17 centímetros; 1,8 de diâmetro, na média), é um charuto para homens, não apenas porque, conforme a minha experiência, os longos quando acesos inadequadamente correm o risco de uma combustão mais incorreta do que os médios e curtos — e às mulheres, repito, falta a pachorra para ficar dando inúmeras pequenas baforadas no charuto para acendê-lo — , como também carecem elas da preguiça masculina, que leva o homem a gastar um tempo enorme aspirando prazerosamente o seu fumo. Por essas razões, os módulos mais apropriados para as mulheres são os charutos curtos, os pequenos coronas, ou os robustos, apesar do diâmetro destes, próximo de dois centímetros, lhes parecer deselegante. (Certa vez eu lhe dei uma caixa de minicoronas Montecristo, de medidas comparáveis às de um cigarro, e você os detestou por serem "acintosamente femininos".) Claro que estou falando dos bons charutos, que têm gravada na caixa ou no cabinet a inscrição *Totalmente a mano*, o que significa que foram elaborados à mão por completo, utilizando-se em todo ele, por dentro e por fora, folhas largas inteiras selecionadas. (A inscrição *Hecho a mano* significa que apenas a finalização dos charutos foi manual.) Eu não lhe disse isso, mas gostei muito de voltar à casa onde moramos, senti como se a casa continuasse sendo minha, não de minha propriedade, mas minha de outra maneira mais profunda. A casa de um homem é onde estão os seus livros e as suas cuecas e por uma razão qualquer (poderia fazer conjeturas sobre isso, mas acho perda de tempo) eu deixara parte das minhas cuecas na *nossa* casa quando nos separamos, e, por alguma razão ainda mais curiosa, você as guardara cuidadosamente na mesma cômoda onde sempre ficavam. Você me perguntou se o escritor deve escrever sobre a realidade que vê. Eu disse que ele deve *saber Ver.* Você pode usar a realidade, como Balzac, Flaubert, Zola fizeram. Zola dizia que ele e todos os escritores naturalistas eram "anatomistas, analistas, compiladores de dados sobre a natureza humana, seguidores da verdade". Se você, Amanda, como escritora, quiser usar sua experiência, os incidentes da sua vida, tudo bem, ninguém se livra do seu *eu*, apenas não exagere, lembre-se do que Gide disse (creio que foi Gide), um mau escritor escreve sobre a sua vida, um bom escritor escreve sobre as suas vidas possíveis, vidas no plural. Use a Vida, a sua e as dos outros. Suas memórias, aquelas que você carregar, desde a infância e que ficaram no seu coração, parafraseando o que disse Aliosha Karamazov, podem salvar o seu romance. Faça a anatomia da realidade, para mostrá-la ou entendê-la, negá-la, ou melhor ainda, para entender o que a realidade está fazendo com todos nós. Mas o escritor não pode prescindir da sua imaginação, da capacidade de criar, inventar o que não viu, não ouviu, não tocou, não cheirou, não sentiu jamais. E você tem que confiar na sua imaginação, mesmo correndo o risco apontado por Plínio, o Velho, de que a sua imaginação a faça infeliz (*quasi quidquam infelicius sit homine cui sua figmenta dominantur*), ou torne você uma delirante, como Balzac no leito de morte chamando o seu personagem dr. Bianchon para salvá-lo. Sem imaginação não há literatura. A imaginação é a mãe da ficção, é a mãe da poesia, é até mesmo, como disseram Mommsem e Burckhardt, a mãe da História.

&

GUSTAVO

"Eu estava deitado quando tiniu a campainha irritante do telefone. Era Luíza dizendo aborrecida, aquele advogado de nome ridículo anda fazendo perguntas imbecis a meu respeito, coisas da minha vida particular, quer saber se minhas empresas dão lucro, se as herdei, se estou seguindo as passadas do meu pai, até o meu pai o cretino quer meter nessa história? o sujeito é um idiota, se você precisava de um advogado, por que não falou comigo? tenho ótimos advogados, quem foi que te indicou esse bestalhão?

Respondi que você, Mandrake, fora meu colega de faculdade. Ela quis saber onde eu me metera nos últimos dias, que o celular não atendia. Eu disse que estava com você, na verdade estava com Amanda e com a Sabah. Mandrake, minha vida está ficando complicada, Amanda me disse que sou livre para fazer o que quiser 'mas ficar me comendo e comendo a Luíza ao mesmo tempo eu não topo, e se Luíza souber ela te mata'. Certas mulheres preferem a fidelidade à lealdade, o marido pode esconder dela quanto dinheiro ele tem espalhado pelos bancos do mundo, pode permanecer sendo amigo de uma pessoa com que ela brigou, pode continuar protegendo um parente parasita que ela detesta, pode falar mal da mãe dela, pode até acintosamente considerá-la uma debiloide (a maioria dos maridos acha a mulher uma debiloide), só não pode foder fora de casa. Os homens, por seu turno, exigem fidelidade *e* lealdade, e atendendo a esses requisitos a mulher até pode ser debiloide. Não pensem que acho os homens formidáveis só por que critiquei ali em cima, e em outras ocasiões, algumas peculiaridades femininas. Os homens são uns merdas. Todos os defeitos que atribuem às mulheres eles têm em dobro: vaidade, futilidade, comprismo, emotividade, volubilidade, puerilidade. E ainda por cima, são feios. Quando cheguei à casa de Luíza a irritação dela havia passado. Em frente a um desktop ela examinava tecidos coloridos no monitor. Parou de trabalhar para me dizer que não tinha ciúme de mulher nenhuma, sabia que eu era fiel, que podia confiar em mim. Então tirou os olhos do monitor e disse, pode me dizer, não vou brigar com ela, mas a Amanda está dando em cima de você? Respondi que não, que éramos um ex-casal que se tornara amigo. Luíza insistiu, e quando é que ela acaba de organizar os teus papéis?, o tal arquivo? Respondi que não sabia, eram muitos arquivos, daqueles grandes de aço. As coisas pareceram ficar pacificadas entre nós. Mandrake, você é um homem que tem experiência nesses assuntos sentimentais e espero que me entenda. Uma das coisas que mais me irritam é quando ouço um sujeito justificar sua promiscuidade com frases do tipo, 'comer sempre a mesma coisa cansa, até mesmo caviar'. Quando o que caracteriza a atividade amorosa é a multiplicidade — não estou falando de putas, puta é alívio, desafogo de carentes e pobres de espírito, recurso útil para indivíduos comodistas ou para quem o prazer sexual é uma coisa pecaminosa ou indigna, que é mais bem-realizado com desconhecidos — , quando você faz amor com várias mulheres *a quem ama*, você descobre interativamente mundos diferentes (a mulher *é* o mundo), e atinge a multidimensional comunhão do corpo e da mente (do espírito, se preferirem), a plenitude do ser. É necessária essa contraposição, não de um mundo *depois* do outro, mais um mundo *e* outro mundo concomitantes, ainda que separados. Isso pode parecer uma confusa justificativa para a minha, digamos, volubilidade, mas na verdade é a razão simples pela qual amo várias mulheres. Você me entende?

Quando cheguei em casa acessei a internet e conversei com Celeste. Aqui está uma cópia que você pediu, do nosso chatting."

Celeste: Você deu meu endereço para um tal Reinaldo? Ele me perguntou se eu conhecia você, eu respondi vagamente que sim. Quem é esse cara? Você deu meu endereço para ele?

Gustavo: Ele deve ter conseguido seu endereço da mesma maneira que você conseguiu o meu, o que aliás até agora não sei como foi, porque você não quis me dizer. Esse Reinaldo foi meu colega na faculdade, é um advogado de sucesso, porém frustrado porque é um escritor medíocre. Tem uma relação ambígua comigo, me admira e me detesta. O Reinaldo, filho de uma família rica, ficou órfão de pai e mãe muito cedo e foi criado por um tutor.

Celeste: Ele me pareceu um homem inteligente e sensível. Por que os críticos não gostaram do livro dele?

Gustavo: Não falei que os críticos não gostaram do livro dele.

Celeste: Falou sim.

Gustavo: Não falei. Mas na verdade um crítico meteu o pau no livro. Os outros nem se deram ao trabalho de lê-lo. Só saiu uma crítica, de um jornal do interior.

Celeste: Quem não gosta dele é você.

Gustavo: Apenas reciproco.

Celeste: Eu reciproco, tu reciprocas, ele reciproca. Quem sabe se essa permuta hostil não foi causada por você?

Gustavo: Inconscientemente, talvez. Por que não nos encontramos para falar pessoalmente sobre isso?

Celeste: Não há contato mais pessoal do que chatting.

Gustavo: Você não quer se encontrar comigo? Eu já sei que você é uma deficiente física e não vou me surpreender com a cadeira de rodas.

Celeste: Não.

Gustavo: Você sempre me faz perguntas sobre mulheres, a maioria inconveniente. Por que essa história de querer conversar sobre homens?

Celeste: O que você acha?

Gustavo: Nada.

Celeste: Você não é tão perspicaz quanto pensa.

Gustavo: Nunca me blasonei de ser perspicaz. Minha única virtude é a memória de elefante.

Celeste: Sabe que é muito comum oligofrênicos terem esse tipo de memória?

Gustavo: Sei. Está querendo brigar comigo?

Celeste: Não. Apenas você anda escondendo coisas de mim.

Gustavo: O quê?

Celeste: Por exemplo, o nome da mulher por quem está apaixonado.

Gustavo: Nunca lhe disse que estou apaixonado.

Celeste: Deu a entender. Não é possível que você não esteja apaixonado. Anda, diz logo o nome dela. Vou ver na numerologia se ela é adequada a um homem como você. Eu sei que deve existir uma mulher. Ou várias?

Gustavo: Não sei como você chegou a essa conclusão. Sempre falei das mulheres em tese.

Celeste: Em tese e tesão.

Gustavo: De qualquer maneira eu não diria nomes de pessoas num chatting.

Celeste: Estamos sob a proteção do PGP, ninguém pode ler o que estamos escrevendo.

Gustavo: Não vou dizer nomes.

Celeste: Você não confia mais em mim? Nós sempre conversamos com a maior franqueza. Sempre conto tudo para você.

Gustavo: Nem sei quem é você.

Celeste: Já disse que sou uma inválida que não sai de casa. Não conheço ninguém do seu mundinho.

Gustavo: Nada feito.

Celeste: Então foda-se. Vou desconectar.

&

Li o laudo do exame cadavérico de Regina, o tiro que ela recebera fora no rosto, igual ao que acontecera com Hilde. O assassino conversava com elas, que olhavam para ele na hora do disparo.

Raul estava quieto demais. Fui tomar um vinho com ele, como nos velhos tempos, enxugamos duas garrafas de Periquita, mas quanto mais ele ouvia mais ouvinte se tornava. Soube apenas que ele procurara Irina, a irmã de Regina, que contou que Gustavo estivera na casa delas dias antes de Regina ser assassinada. Alertei Irina para evitar Raul. Sentia que ele estava se preparando para dar um bote. Quando Raul me telefonou dizendo que queria que o meu cliente depusesse em cartório eu sabia que iria fazer perguntas sobre o envolvimento de Gustavo com Hilde e com Regina. Pedi a Gustavo que viesse ao meu escritório para irmos juntos à delegacia.

Ele estava muito pálido. "Você consegue ficar cada vez mais pálido... Mas esse descoramento deve ter um limite. Você já foi ao médico ver isso?"

"Em certos momentos de emoção", disse Gustavo, "a capacidade do meu sangue de distribuir oxigênio pelo organismo é reduzida drasticamente. Esse fenômeno, por uma estranha coincidência, começou a acontecer comigo depois que houve um..., aquele acidente, você sabe, o caso Delamare, que afetou certo órgão do meu corpo. Por isso cheguei a estabelecer um nexo de causalidade entre as duas coias. O dr. Plinger, porém, acha isso apenas hipoteticamente possível, ele diz que eu sofro de uma patologia rara a que Plinger, na falta de melhor terminologia, denomina pseudanemia intermitente de origem psíquica. Pseudo porque não vem acompanhada dos outros sintomas de anemia — fadiga, vertigem, fraqueza — e os exames de sangue não mostram redução do conteúdo de hemoglobina ou do número de eritrócitos. Plinger gostaria de obter uma amostra de meu sangue num desses momentos de palescência, mas nunca fico pálido quando vou ao consultório dele. Ele diz que sou um caso médico interessante."

"A medicina está cheia de pseudices. Já fumou o corona supremo da Suerdieck?"

"Já, não é um mau charuto, ... corretamente."

"Então fuma um desses. Para variar."

Acendemos nossos Suerdiecks.

"Raul vai fazer perguntas sobre seu envolvimento com Hilde e Regina. Vai querer saber onde você estava nas noites dos dias em que Hilde e Regina foram assassinadas. Hilde foi assassinada no dia 28 de junho e Regina no dia 5 de julho. Por coincidência duas sextas-feiras."

"Vinte e oito de junho… Acho que estava sozinho…"

"E no dia 5 de julho?"

"Estava com uma senhora. Não posso envolver o nome dela."

"Mais uma mulher casada no seu currículo?"

"Essa é viúva. Então qual o problema?"

"O problema é que não vou sujar o nome de uma senhora honrada para me livrar daquele idiota do Raul."

"Entendo os seus escrúpulos. Mas precisamos de alguém que deponha dizendo que estava com você pelo menos numa dessas noites. Amanda ou Luíza, uma delas pode testemunhar dizendo que estava com você na noite do dia 28 de junho? Teremos pelo menos um álibi para um dos dias."

"Você está propondo que eu minta."

"Estou propondo salvar a sua pele. Sei que você não matou essas mulheres."

"Como você sabe?"

"Você é como eu. Quem ama as mulheres como nós não tira a vida delas."

"Posso falar com a Luíza."

"Você disse que acha que invadiram o seu apartamento. Quando foi isso?"

"No dia 5 de julho, provavelmente. Mas quem entrou não levou nada."

"O prédio não tem porteiros que se revezam dia e noite?"

"Não, tem um porteiro só, durante o dia, mas ele nunca está na portaria. O prédio tem interfone."

"Vamos acertar tudo com a Luíza, antes de irmos à delegacia."

Telefonei para Raul, pedindo para transferir o depoimento de Gustavo.

"Mandrake, o juiz acaba de assinar o mandado de busca e apreensão que solicitamos. Estou indo à casa de seu cliente para fazer uma busca, devidamente autorizada."

"Sujeira, Raul", apenas disse isso, e desliguei.

Expliquei a Gustavo o que estava acontecendo. "Vamos logo procurar Luíza. O tempo está contra nós."

Gustavo marcou um encontro no escritório de Luíza. Ela estava tendo uma reunião de trabalho com sua equipe de estilistas. Nos fez esperar uma meia hora na antessala da secretária, que nos serviu durante esse tempo uns dez cafezinhos. Afinal a porta do escritório foi aberta e umas seis pessoas, homens e mulheres, saíram de lá sobraçando papéis e a secretária nos mandou entrar. Luíza nem me cumprimentou.

Gustavo contou para Luíza que a polícia suspeitava que ele matara Hilde e Regina.

"Como foi que a polícia inventou essa loucura?"

"Não sei. Um tal delegado Raul suspeita que sou o assassino sem razão nenhuma para isso. Neste momento eles estão me esperando na porta lá de casa com um mandado de busca e apreensão. Preciso que você deponha dizendo que estava comigo na noite do dia 28 de junho. Hilde e Regina foram mortas pela mesma pessoa, com a mesma arma."

"Nós estivemos juntos nessa noite?"

"Não."

"Deixa eu ver a minha agenda."

Luíza consultou a agenda do computador.

"Dia 28 de junho eu fui a São Paulo. Que azar. Se disser que estávamos juntos, a polícia pode descobrir facilmente que estou mentindo. Quem foi assassinada nesse dia?"

"Hilde."

"Posso dizer que estava com você no dia em que a outra foi assassinada. Que dia foi esse?"

"Cinco de julho."

Luíza consultou novamente a agenda.

"Fui a São Paulo nesse dia também. Você não esteve com ninguém nessas noites?"

"Quando você viaja eu fico em casa."

"Mas eu liguei para você de São Paulo no dia 5 e ninguém atendeu. Eram dez horas. Anotei na agenda do notebook."

"Eu desliguei o celular e a campainha do telefone. Para poder trabalhar em paz. Posso pedir a Amanda para ela dizer que estava comigo."

"Essa mulher não sai da sua vida? Não quero. Não quero, ouviu? Diga a verdade, que estava em casa sozinho, que quando a sua mulher viaja você fica em casa. A polícia não tem prova nenhuma contra você. Ou tem?"

"Claro que não tem."

"E este advogado não faz nada?"

"Bem, tenho que ir. Você não está ajudando como devia."

"Não quero que você envolva a Amanda nisso, estou pedindo."

"Está bem. Eu já concordei."

"Você passa lá em casa à noite?"

"Não sei."

"Está com raiva de mim?"

"Não, claro que não. Mas tenho que ir."

Saímos do escritório de Luíza e pegamos o carro para ir para o apartamento de Gustavo.

"Então você tem que envolver a tal viúva", eu disse. "Não será nada de mais. Diga que passou a noite com ela."

"Nem sob tortura. Prefiro ir preso. Não me peça mais isso."

Encontramos Raul e dois policiais na portaria do prédio. Raul me mostrou o mandado de busca e apreensão.

Subimos.

"Sinto muito", disse Raul.

"Faz o teu serviço", eu disse.

Revistar aquele bagunçado apartamento não foi tarefa fácil. Mas Raul e sua turma sabiam fazer o seu serviço. Nada escapou.

&

GUSTAVO

"Quando abriram a gaveta da mesinha onde guardo as fotos da minha família, recordei algo de que havia esquecido, cuja gravidade me fez tremer, e certamente ficar pálido. Como eu podia ter esquecido *aquilo*? Essa gaveta só tem retratos da família, eu disse. Mas o Raul pediu licença para abrir a gavetinha e eu disse que aquela gaveta ele não abria. O mandado me autoriza, disse Raul, e eu disse, não me interessa o seu mandado. Você estava lá, Mandrake, viu o que aconteceu. O Raul disse, não me faça usar a força, e os outros dois policiais se juntaram a ele. Você me disse, calma, e disse ao delegado que ele estava perdendo tempo, mas o delegado respondeu que tinha tempo a perder, que ia ignorar o desacato à autoridade cometido por mim, e pediu a você, vê se controla o seu cliente, Mandrake. Você disse, deixa ele ver as fotos, e me pegou pelo braço e me afastou da mesinha.

Raul abriu a gaveta, pegou as fotos e empilhou-as numa cadeira. Depois retirou a gaveta vazia e examinou-a cuidadosamente. Em seguida, ele e os outros tiras viraram a mesinha de pernas para o ar, à procura talvez de compartimentos secretos, ou lá o que fosse. Demoraram um longo tempo nisso. Você estava lá, Mandrake, me controlando. Depois, evidentemente desapontados, os tiras puseram novamente de pé a mesa, colocaram a gaveta de volta. Em seguida Raul olhou cada uma das fotos, enquanto meu coração gelado parecia esfriar a minha camisa. São fotos do pai e da mãe, que morreram, uma lembrança traumatizante para o meu cliente, você disse. Raul olhou as fotos uma segunda vez, minuciosamente, e guardou-as de volta, na gaveta. E os tiras foram embora e você mais uma vez disse que eu teria que revelar o nome da mulher que estava comigo, que diabo, você disse, a mulher é viúva, ela não terá problemas domésticos, a reputação dela não será ofendida. Você foi embora e assim que saiu eu corri e peguei na gaveta as fotos e procurei três, três fotos que colocara ali e depois esquecera.

Memória de elefante também falha. As fotos não estavam lá, a foto de Hilde, a foto de Regina, aquelas fotos que haviam chegado pelo correio haviam sido roubadas da minha casa, eu as guardara e esquecera que as tinha comigo. E, desgraça das desgraças, também havia sumido uma foto de Sílvia nua, que eu tirara com a Polaroid. O corpo nu de Sílvia era tão deslumbrante que eu quisera registrá-lo numa foto para que quando eu fosse muito velho e a memória de elefante se esvaecesse eu pudesse reavivá-la com aquela foto. E a foto sumira, como as outras. A mesma pessoa que invadira o meu apartamento e tentara ligar o meu computador levara as fotos. Nem esperei o elevador. Desci as escadas correndo. Encontrei Severino na portaria. Perguntei ao porteiro se alguma pessoa estranha viera me procurar nos últimos dias e Severino respondeu que nenhum estranho me procurara, que as únicas pessoas que me procuravam eram a dona Amanda, a dona Luíza e a dona Sílvia. Fiquei nervoso, perguntei, como é que você sabe que o nome dela é Sílvia? Ele respondeu, ela me disse o nome dela, aquela que vem aqui todas as quartas-feiras. Severino explicou que não ficava sempre na portaria, o síndico queria cortar despesas e ele era o único porteiro, mas quando não estava na portaria só entrava quem tivesse a chave da porta da rua ou quem pedisse a um dos moradores pelo interfone para abrir a porta. Severino aproveitou para contar suas mágoas, não estava feliz no emprego, economizava dinheiro para voltar para a Paraíba, ia ficar trabalhando no prédio mais um ou dois meses no máximo. Peguei o elevador de volta. Entrei no apartamento, acendi um charuto sem contemplá-lo antes como fazia sempre, nem me lembro qual era. Alguém obtivera a chave da portaria e a chave do meu apartamento. Mas as chaves ficavam num chaveiro que nunca saía do meu bolso. Talvez um profissional, desses que abrem qualquer porta, tivesse feito o serviço. Eu tinha um inimigo desconhecido me perseguindo. O que ele queria de mim? Quem era ele? Um chantagista? Um fã enlouquecido? Naquele dia mesmo chamei um chaveiro, que mudou a fechadura da minha porta.

7

Tirar a foto de sua amante nua e guardá-la fora uma loucura, Gustavo sabia disso. As coisas escondidas sempre acabam aparecendo.

"O que foi que você fez, quando descobriu que o retrato de Sílvia nua estava nas mãos de terceiros?"

"Fiquei sentado no sofá, depois que o chaveiro foi embora, um longo tempo, pensando no desaparecimento do retrato. O telefone tocou várias vezes mas não atendi. O apartamento foi escurecendo. Acendi a luz de um abajur. Depois fui deitar, dormi e acordei no meio de um pesadelo. Não me lembro do sonho, mas acordei tão agoniado que só podia ser um pesadelo."

"E fez o quê, quando acordou?"

"Liguei para Amanda, disposto a contar para ela a história do retrato de Sílvia que sumira do meu apartamento, mas não consegui. Ela ficaria triste se soubesse que Sílvia era minha amante. Liguei para Sílvia. Eu só ligava para a casa dela quando tinha um assunto muito urgente para tratar. Perguntei, você se lembra daquela foto que fiz com a Polaroid? Ela respondeu que se arrependia de me ter deixado fazer aquilo. Perguntei se por acaso a foto estava com ela. Você está maluco, ela respondeu, ele vive mexendo nas minhas coisas, está desconfiado, procura o retrato aí no seu apartamento e rasga. Eu disse que ia rasgar o retrato e disse a ela que a amava e ela me disse que me amava."

"E depois?"

"Sentei-me na frente do computador, sem conseguir escrever. Então Luíza telefonou e perguntou onde eu me metera a noite toda e respondi que ficara trabalhando com os telefones desligados. Voltei a ficar olhando para a tela do monitor, fumando e pensando no sumiço dos retratos. Não consegui comer o dia inteiro. Fumei três charutos."

"Que bebida você tem aí?"

"Tem vinho."

"Serve, tenho uma boa história para te contar."

Ele foi apanhar o vinho, dois copos e dois churchills.

"O Raul vai largar o teu pé", eu disse. "A polícia acredita que prendeu o assassino."

Ele esvaziou o copo num longo gole.

"É um sujeito chamado Darcy Ramos, músico de profissão, um jovem de 27 anos que já esteve internado por droga e distúrbios mentais. Foi denunciado por um amigo, de nome Evandro, também músico, que mora com ele. No dia do assassinato de Hilde, 28 de junho, Darcy colocou um revólver no bolso e disse para Evandro que ia cumprir uma missão que lhe fora ordenada por uma voz misteriosa dentro da sua cabeça, matar uma mulher.

Evandro achou que essa declaração não tinha importância, Darcy sempre ouvia vozes. Como tinha que trabalhar naquele dia, apenas pediu para Darcy não deixar de ir à sessão de terapia. No dia da morte de Regina, 5 de julho, Darcy disse a mesma coisa, que ia matar uma mulher, ia obedecer à missão ordenada pela voz dentro da sua cabeça. Dessa vez Evandro tentou tirar o revólver de Darcy, mas não conseguiu. Evandro não tivera conhecimento da morte de Hilde, ele alega que só lê os suplementos dos jornais, não se interessa pelo resto. Mas no sábado, 6 de julho, Evandro procurou na página policial e leu a notícia sobre a morte de Regina. Evandro ficou preocupado e tentou falar com o terapeuta de Darcy, sem conseguir. Mas ontem, quinta-feira, quando Darcy lhe disse que a voz lhe ordenara cumprir uma nova missão na noite de hoje, Evandro achou melhor consultar um amigo da polícia e esse o aconselhou a falar com Raul. Raul foi à casa de Darcy para interrogá-lo e o rapaz confessou os assassinatos. Raul checou a história dele, afinal o cara é maluco, mas tudo o que disse coincide exatamente com os fatos. E Darcy tinha com ele, em casa, uma pulseira de mulher, que Irina identificou como de Regina. Raul me pareceu decepcionado por descobrir que o assassino é um pobre doente mental. Ele preferia você ou o embaixador. Darcy jogou o revólver, um 38, na lagoa Rodrigo de Freitas. A polícia procurou o revólver na lagoa, no local indicado por Darcy, mas o fundo é lodoso e eles não acharam a arma. Pararam as buscas quando anoiteceu e vão recomeçar amanhã. Pedi a Raul para me descrever o Darcy. O sujeito usa cabelo comprido revolto e tem uma cicatriz no rosto, resultado de uma briga quando estava drogado. Estive com o Raul até agora. Ele acha importante achar o revólver."

"Até que enfim", ele disse. "Você acha que esse Darcy pode ser a pessoa que me enviou as fotos?"

"Impossível", eu respondi.

"E o criminoso está descoberto, mas um mistério continua, quem mandou as fotos? Isso me deixa nervoso."

"Quem mandou as fotos não tem importância. Talvez o criminoso *não* tenha sido descoberto."

"Talvez? O cara não foi preso?"

"Há uma coisa de que não gosto. Os laudos periciais do carro mostram que os vidros do motorista estavam abaixados e os laudos dos exames cadavéricos mostram que as duas mulheres foram atingidas no rosto, como se estivessem conversando com o assassino. Elas abaixariam o vidro do carro para um homem com a cara do Darcy? E se estivessem com o vidro abaixado, conversariam com ele?"

"O sujeito poderia ter feito uma pergunta e ao responder elas olharam para ele."

"Mas teriam fechado o vidro ao ver Darcy, a aparência dele não é tranquilizadora, ainda mais de noite, e tentariam se defender virando o rosto, se encolhendo, ao ver o revólver apontado para elas, seria a reação normal, e o disparo as teria atingido em outra parte do corpo, ou mesmo da cabeça, mas não na testa, como aconteceu."

"O sujeito podia estar com o revólver escondido e atirado de surpresa."

"Podia. Mas temos que considerar isso uma mera hipótese."

"Você está querendo estragar o prazer deste churchill? Para que jogar mais sombras em cima de mim?"

"Tenho uma mente naturalmente suspeitadora, desconfio de tudo, é um vício. Não leve em consideração o que eu disse. Fume o seu charuto. Deve ter sido o Darcy mesmo, e o caso dos retratos, repito, não tem importância."

Senti que ele gostaria que essa última frase tivesse sido dita por mim com mais convicção. Dei uma baforada e olhei, fingindo despreocupação, o charuto na minha mão.

"Liga para suas amigas e diga que está tudo resolvido. E depois vou ligar para a Irina. Vou convidá-la para jantar comigo."

&

Gustavo

"Quando você foi embora, Mandrake, eu telefonei para Luíza. Ela disse que estava com uma dor de cabeça horrível e queria ficar descansando, que tinha muito trabalho no dia seguinte. Contei que o problema estava resolvido, que o assassino de Hilde e Regina fora preso. Não quero saber disso, agora não, minha dor de cabeça está me matando, ela disse. Telefonei para Amanda. Contei a mesma história para ela. Ela disse, que bom, vamos comemorar, vou para aí ou você vem para aqui? Eu fui. Logo que entrei na casa dela, Amanda disse, você continua preocupado, mas sei como acabar com as suas preocupações. Fomos para a cama. Confesso, se alguma coisa acaba com qualquer preocupação é fazer amor com uma mulher que você ama. Depois, acendemos dois Sancho Panza que levara comigo. Você falou com Luíza, de nós?, Amanda perguntou. Respondi que ainda não, que estava preocupado com aquela coisa dos retratos, disse que você, para me tranquilizar, garantira que o desaparecimento dos retratos não tinha importância, mas que eu não acreditara. Amanda disse, esquece isso. Foi o que fiz. O tempo tem a capacidade de varrer das nossas mentes as preocupações desagradáveis, ou de substituí-las por outras menos desgostosas. Ainda mais se o indivíduo leva uma vida agitada como a minha. Você ligou várias vezes, querendo se encontrar comigo, mas eu transferia sempre o nosso encontro. A única preocupação que me perturbava, agora, era como encontrar uma maneira de fazer Amanda aceitar, por mais algum tempo, que eu continuasse com ela e Luíza. Eu não queria romper com nenhuma das duas, na realidade com nenhuma das três, havia também Sílvia. Cada uma delas preenchia uma necessidade minha, eu precisava muito de todas elas. A Sabah eu não queria mais ver, pelo menos regularmente. Três é bom, quatro é demais. Três são as Graças, as deusas da beleza, na mitologia grega. Lembrei-me, então, de que também três eram as Fúrias, divindades gregas que existiam para perseguir e punir aqueles que, como eu, cometiam o crime perfeito. Talvez duas fosse *a medida* — o dualismo, partes heterogêneas (e até mesmo contraditórias) se completando, criando movimento, energia. Mas, àquela altura, eu não conseguiria deixar nenhuma das três mulheres que amava."

&

Então chegou à casa de Gustavo um terceiro envelope, o endereço escrito em letra de fôrma, a mesma letra dos envelopes anteriores com as fotos de Hilde e Regina. Como os outros, fora postado em uma agência dos correios em Copacabana. Dentro do envelope estava o retrato de Sílvia nua. Gustavo declarou que ficou apavorado e ligou para Sílvia mas ela não estava em casa. Então procurou o porteiro e lhe deu dinheiro para voltar para a Paraíba, afinal Severino era a única pessoa que sabia que Sílvia frequentava o apartamento dele. Voltou a ligar para Sílvia e novamente não a encontrou em casa. Então passou no meu escritório e contou o que transcrevi acima e acrescentou, mostrando-me o envelope com a foto.

"Sílvia é casada com Reinaldo", disse.

Desde o princípio eu sabia que ele escondia coisas de mim.

"Infelizmente eu também não tenho boas notícias para lhe dar. A polícia achou o revólver que Darcy jogou na lagoa. Fizeram todos os testes e exames e constataram com absoluta certeza que os projéteis que mataram Hilde e Regina *não* foram disparados por aquela arma. Darcy, depois de examinado por um psiquiatra que constatou ser ele um delirante, admitiu que não matara as duas mulheres. Darcy obteve a pulseira de Regina, que foi encontrada com ele, ao deparar com o carro dela parado numa rua com o corpo inanimado dentro. Como precisava de dinheiro para comprar drogas, saqueou o corpo. Além da pulseira de Regina, roubou também o relógio de ouro, que trocou por droga com um traficante. O traficante foi preso e confirmou essa parte. Raul está convicto da inocência de Darcy e vai providenciar sua soltura. Ou seja, você e o embaixador vão voltar para a berlinda."

"Não estou preocupado comigo", disse Gustavo, "estou preocupado com Sílvia. Ela tem que tomar cuidado. Mas não consigo alertá-la, ela saiu e ainda não voltou. O Reinaldo não pode saber de nada, ninguém pode saber de nada, mas precisamos encontrar uma forma de protegê-la."

"Quando conseguir falar com essa senhora fala dos riscos que ela pode estar correndo e pede para ela não sair de casa e inventar que recebeu alguns telefonemas ameaçadores. Depois se arranja uma forma de proteção para ela."

"Sílvia vai todas as quartas-feiras ao meu apartamento e o porteiro sabe o nome dela. Mas o porteiro não é problema, a esta altura ele está num ônibus em direção a alguma cidade da Paraíba."

"Acho que Raul deve saber. Para botar um tira tomando conta dela."

"Não sei."

"Raul tem que saber. Quanto mais cedo, melhor."

"Deixa eu pensar, amanhã dou uma resposta."

"Quer um charuto?", perguntei, tirando a caixa de Suerdiecks da gaveta.

"Vamos fumar um dos meus", ele disse.

Mas ele não trouxera nenhuma charuto. "Isso nunca aconteceu antes, na minha vida, eu sair sem os meus charutos."

Fumamos em silêncio os Suerdiecks.

"Vamos falar com o Raul."

"O cara quer me destruir e você quer que eu vá conversar com ele."

"Amanhã vamos falar com o Raul, está resolvido. Me dá o envelope com a foto."

"Para quê?"

"Me dá", ordenei rispidamente.

Ele me deu o envelope. Tirei a foto de dentro do envelope e a rasguei em pequenos pedaços.

"Quando formos ver o Raul amanhã eu digo que você me deu a foto de Sílvia e que não sei onde a meti. Direi que era uma foto dessas de passaporte. Darei a ele apenas o envelope vazio. Estamos entendidos?"

"Sim."

"Agora vamos botar fogo nisto."

Peguei um jornal, arranquei meia página, embrulhei os pedaços da foto, embebi com fluido de isqueiro, coloquei no cinzeiro e ateei fogo.

“A sua secretária vai sentir o cheiro de coisa queimada aqui.”

“Não tem perigo. Confio nela. Aliás é a única pessoa no mundo em quem confio. Quando formos ver o Raul amanhã, você leva os outros envelopes, com as fotos de Hilde e de Regina.”

Gustavo disse que iria para casa. Chegando em casa, segundo ele, tentou falar com Sílvia, ela não estava mas quem atendeu o telefone foi o Reinaldo, os dois conversaram e a voz dele soava despreocupado, o que deixou Gustavo mais tranquilo.

&

Eu havia combinado de me encontrar com Raul, na casa dele. Estávamos tomando vinho quando ligaram da delegacia dizendo que o corpo de Sílvia fora encontrado dentro do carro dela por uma patrulha da polícia numa praia deserta da Barra, com um tiro na cabeça, como acontecera com as outras. Telefonei para Gustavo mas o telefone dele não atendeu. Raul foi para delegacia. Eu fui à casa de Gustavo e liguei pelo interfone externo, mas ninguém atendeu. Apertei a campainha inúmeras vezes, sem resposta. Fui para a minha casa e novamente telefonei para a casa de Gustavo, sem obter resposta. Ele só atendeu o telefone de manhã.

Dei a notícia a ele. Pela primeira vez Gustavo ficou sem palavras. Perguntei por que não atendera o telefone. Ele disse que desligara as campainhas.

"Fui à sua casa, toquei o interfone externo e você não atendeu."

"Eu tomei uma dose cavalar de comprimidos para dormir."

"Me encontra na delegacia", eu disse, e desliguei.

&

Ele chegou à delegacia mais pálido do que nunca. O assassinato de Sílvia parecia tê-lo afetado fortemente.

Agimos conforme o combinado. Gustavo entregou a Raul os envelopes com as fotos de Hilde e de Regina. Eu dei a ele o envelope que Gustavo recebera pelo correio com a foto de Sílvia.

"E você perdeu a foto dela?", perguntou Raul.

"Era uma foto pequena, dessas de passaporte. Não sei onde meti. Revirei o meu escritório todo", eu disse.

"Pelo carimbo do envelope a foto deve ter chegado anteontem, na casa do sr. Gustavo Flávio. Quando foi que ele lhe deu a foto?"

"Ontem. E nós combinamos de vir aqui hoje de manhã, para conversar com você sobre isso."

"Mandrake, estávamos juntos ontem à noite quando o corpo de Sílvia Sarmento foi encontrado. E você telefonou para o seu cliente na minha frente, e o telefone dele não atendia."

"Eu estava dormindo e havia desligado os telefones."

"Havia outra pessoa em sua casa?"

"Ele tomou um comprimido para dormir", eu disse. "É claro que ele estava sozinho, ele mora sozinho, não tem chaperon."

"Sílvia Sarmento era amiga... íntima do senhor?"

"Eu sou amigo da família. O marido dela foi meu colega de faculdade."

"O sr. Gustavo Flávio estudou direito."

"Mas nunca advoguei."

"Escrever romances é mais interessante...", disse Raul.

"Agora, ensaio", eu disse.

"Isto tudo não parece um romance, senhor Gustavo Flávio?"

"Para mim não."

"Talvez então para mim, porque não sou escritor. Como é mesmo o nome do porteiro do seu prédio?"

"Severino."

"Severino me disse que o senhor lhe deu dinheiro para voltar para a Paraíba, mas que ao chegar à rodoviária não encontrou lugar no ônibus e voltou para o seu cubículo no prédio onde o senhor mora. Um dos nossos detetives falou com ele, hoje, bem cedo. Severino está aqui, na delegacia. Quer vê-lo?"

"Não."

"Ao ser interrogado por mim, Severino declarou que o senhor todas as quartas-feiras recebia a visita de uma senhora chamada dona Sílvia. Não é uma coincidência romanesca?"

"Nenhuma dona Sílvia me visitava às quartas-feiras. Ele deve ter confundido com dona Amanda ou dona Luíza."

Raul tirou um pequeno caderno do bolso.

"Anotei, com todas as letras, Sílvia. A vida é engraçada. As pessoas não dão importância aos seus empregados — porteiros, motoristas, arrumadeiras, cozinheiras — , acham que eles são cegos e surdos, estão sempre distraídos, pensando na novela da TV, mas na verdade eles vigiam os patrões, veem tudo, ouvem tudo. E não são leais. Por que, aliás, deveriam ser leais com patrões insensíveis a quem servem de maneira tão humilhante?"

"Humilhante?"

"Humilde."

"Aonde você quer chegar com essa filosofia de almanaque, Raul?", perguntei.

"Mandrake, cada um usa a filosofia que pode. Interroguei a arrumadeira da casa deles e ela declarou que dona Sílvia e o marido viviam brigando. Chegou a reproduzir o último diálogo dos dois, que ocorreu ontem pela manhã, quando tomavam café. 'Você não me engana, sua vagabunda, sei tudo sobre o seu caso com Gustavo Flávio, botei um detetive particular para seguir você.' Dona Sílvia então agrediu o marido, arranhando-o no rosto e gritando, 'não é um caso, eu amo o Gustavo e ele me ama'. Senhor Gustavo Flávio, o marido de dona Sílvia sabia que o senhor era amante dela. Não parece um romance? O sujeito sabia de tudo e esperava... Esperava o quê, Mandrake?"

"Raul, termina logo, para irmos embora."

"Ainda não temos o resultado dos exames de laboratório para saber se o projétil que matou dona Sílvia foi disparado pela mesma arma que matou as outras amigas do senhor Gustavo. Posso lhe fazer uma pergunta?"

"Raul, deixa de ser sádico, estamos perdendo tempo. Eu sei e você sabe que estamos perdendo tempo. Já fizemos ele sofrer, como combinamos."

"Vocês estão conspirando contra mim?", disse Gustavo.

"A pergunta é simples. O senhor acha que o marido de dona Sílvia teria assassinado a mulher?"

"Raul, chega", eu disse.

"Não, Reinaldo não mataria a Sílvia", Gustavo respondeu. "Tenho certeza, não é do caráter dele matar uma pessoa, ainda mais a própria mulher. Certamente ele iria se separar dela, mas matá-la... Isso é um absurdo!"

"Então quem teria sido?"

"Raul, essa conversa é inútil. Vamos embora, Gustavo."

"O senhor, mais uma vez, se encontrava sozinho em casa quando o homicídio ocorreu..."

"Vamos embora, Gustavo."

Peguei Gustavo pelo braço e levei-o para fora.

Fomos andando pela rua da delegacia. Acendi um Suerdieck. Ele não quis acender o seu charuto, provavelmente porque não se faz isso andando pelo meio da rua, como se o charuto fosse um reles cigarro, mas eu não seguia o figurino dos fumantes refinados.

"Não se preocupe com o Raul, ele só está querendo aporrinhar você."

"Você também suspeita de mim?"

"Suspeito de todo mundo, por que não de você? E os motivos? Você gosta de citações, li os seus livros, existe uma máxima de La Rochefoucauld — como diz o Raul, cada um usa a filosofia que tem — que afirma que teríamos vergonha das nossas ações mais nobres se o mundo entendesse as motivações por trás delas. Se isso ocorre com os atos decentes que cometemos, e que o mundo não consegue entender, o que dizer dos infames, como matar uma mulher?"

"Puta merda. Não posso ter como advogado um sujeito que cita o duque de La Rochefoucauld!", Gustavo exclamou.

"Mas sei que não foi você. E o Raul sabe que não foi você."

"E se eu disser que fui eu?"

"Não foi você."

"Fui eu sim, seu idiota. Essas mulheres viviam me afligindo, sou um doente mental e resolvi tirá-las da minha vida. O revólver está escondido na minha casa. Vai lá em casa que eu mostro para você. Surpreso?"

"Não, você não é doente mental. Existe um doente mental nesta história, mas não é você."

"A próxima que eu vou matar é a Luíza. E você não pode fazer nada para me impedir."

"Que coisa interessante, você dizer isso."

"Adeus, Mandrake."

Ele virou as costas para mim e fez sinal para um táxi que passava. Continuei fumando o meu charuto. Antes do táxi partir, nossos olhos se cruzaram e eu sorri para ele, mas Gustavo manteve a cara fechada.

&

GUSTAVO

Chegando em casa, o telefone tocava. Era Luíza.

"Você era amante da Sílvia?"

"Quem te disse isso está mentindo."

"Foi a Amanda."

"Ela está delirando. Estou sendo vítima de uma trama horrenda, nem mesmo sei explicar o que está acontecendo."

"Quer que eu vá aí?"

"Sim, que bom que você está do meu lado."

"Eu não disse que estou do seu lado."

"Está sim, sinto que você está do meu lado. Vem logo, estou te esperando."

Enquanto Luíza não chegava telefonei para Farida Sabah. Eu precisava de carinho. O empregado que atendeu, após eu me identificar, disse hostilmente que d. Farida estava viajando e que não sabia quando ela ia voltar. Um dia com quatro mulheres, no dia seguinte apenas uma. Assim era o mundo. Mas talvez o destino estivesse me dizendo que eu devia mudar de vida, me tornar monógamo, ter uma mulher só, e que Luíza fora escolhida pela Fortuna para preencher minha nova existência.

Luíza demorou a chegar. Acendi um dos Ramon Allones que Amanda me dera e pensei, com tristeza, que a perdera depois de tê-la reencontrado. E enquanto fumava peguei um dos livros que tinha em casa, *O poema do Frade*, de Álvares de Azevedo, um poema muito adequado à minha disposição sombria, a começar pela epígrafe sínica, de Molière. — Don Juan: *Ce que je crois?/* Sganarelle: *Oui/* Don Juan: *Je crois que deux et deux sont quatre, et que quatre et quatre sont huit.* Em meio à leitura de *O poema do Frade,* decidi lê-lo em voz alta:

Lancei-me ao desviver: gastei inteira/ Na insânia das paixões a minha vida./ Qual da escuma o fervor na cachoeira/ Quebrei os sonhos meus n'alma descrida./ E do meio do mundo prostituto/ Só amores guardei ao meu charuto!/ E que viva o fumar que preludia/ As visões da cabeça perfumada!/ E que viva o charuto regalia!/ Viva a trêmula nuvem azulada,/ Onde s'embala a virgem vaporosa!/ Viva a fumaça lânguida e cheirosa!/ Cante o bardo febril e macilento/ Hinos de sangue ao poviléu corrupto,/ Embriague-se na dor do passamento,/ Cubra a fronte de pó e traje luto.../ Que eu minha harpa votei ao esquecimento:/ Só peço inspirações ao meu charuto!

Nesse momento bateram na porta. O porteiro não estava, alguém entrara sem eu abrir a portaria pelo interfone. Algum vizinho?

Abri a porta. Era Luíza.

Você mudou a fechadura? Tem alguém aqui? Com quem você estava falando? Antes que eu respondesse, ela me empurrou e entrou impetuosamente, foi até o quarto, entrou no banheiro, revistou com olhar desconfiado todos os cantos do apartamento. Eu recitava um poema. Quer ouvir? Ela disse que não e tentei beijá-la, mas ela virou o rosto. Sei que você era amante da Sílvia, ela disse, não tente me esconder, vi o retrato que você tirou dela nua e sei também que você andava dormindo com a Amanda, ela me disse. Eu me desculpei, dizendo que queria mudar de vida, que todas aquelas desgraças e sofrimentos haviam feito de mim um novo homem. Luíza disse, você já sofreu antes e ficou um homem ainda pior. Eu supliquei, se você quer, eu me mudo para a sua casa, faço tudo o que você quiser. Tudo?, ela perguntou com um tom de voz estranho. Abriu a bolsa, olhou o conteúdo e pegou uma pequena caixa de tarja preta e disse, jogando a caixa com violência contra a parede, não vou mais tomar esses comprimidos nojentos. Nesse momento o telefone tocou. Era você, Mandrake, dizendo, preciso contar para você uma coisa muito importante, uma coisa que eu devia ter dito hoje, quando estivemos juntos. Eu respondi que estava muito ocupado, conversando com Luíza, e você disse não fique sozinho com ela, saia de casa imediatamente, e eu pensei que você temia que eu fosse matar Luíza e desliguei o telefone. Quando me virei para falar com Luíza vi, estarrecido, que ela me apontava um revólver e brandia umas fotos na mão dizendo, depois do meu pai você foi a pessoa que mais amei na minha vida, como ele você também me traiu, eu fui fiel, me dei toda a você, e recebi um pagamento infame. Pedi que ela largasse a arma mas ela continuou apontando o revólver para mim, gritando, você é igual ao meu pai, é igual a todos os homens, um crápula imundo e mentiroso, guardava o retrato destas putas, daquela vaca nua, das mulheres que realmente amava, o meu, você deve ter jogado no lixo. Luíza jogou as fotos na minha cara. Ouvi apenas o primeiro disparo.

&

Quando telefonei para Amanda, ela já sabia de tudo.

"É pena que as coisas terminassem assim, mas Gustavo é o único culpado, por tratar com desprezo as outras pessoas, por usá-las como se elas fossem um brinquedo. Se não fosse Luíza teria sido Reinaldo, ele me disse que ia matar Gustavo. Fico muito triste com isso tudo."

Não consegui falar com Reinaldo, ele se recusou a me atender.

&

O escritor acordou no hospital. Havia levado dois tiros, fora operado, e segundo o médico seu estado era grave mas ele estava fora de perigo. Mas não podia receber visitas. E quem iria visitá-lo?

Gustavo ficara a maior parte do tempo inconsciente, dormindo sedado. Quando pôde receber visitas, eu e o Raul fomos vê-lo.

"Você é um homem de sorte", eu disse.

"Podia ter morrido, pouca gente escapa de um tiro na cabeça. Eu também sou um homem de sorte porque se você morresse eu ia carregar a sua morte na consciência durante muito tempo. Naquela manhã eu devia ter dito a você que sabia que Luíza era uma doente capaz de gestos extremos."

"A minha consciência também iria doer", disse Raul. "Você desculpe aquele dia na delegacia. Acho que por invejar o fascínio que você exerce sobre as mulheres fiquei atormentando você, quando já suspeitava de Luíza, mas não podia dizer nada ainda, precisava encontrar as provas, você talvez atrapalhasse tudo."

Raul se despediu.

"Como é que você está se sentindo?", perguntei.

"Confuso."

"Posso te confundir mais ainda?" Eu também estava confuso, mas não ia dizer isso para ele.

"Fala logo."

"A mãe de Luíza morreu durante o parto e o pai a criou sozinho. Depois, fora assassinado na véspera do dia em que ia se casar pela segunda vez com uma mulher muito mais jovem, um crime que nunca foi esclarecido. Luíza, depois da morte do pai, permaneceu internada num sanatório por vários meses. Eu e Raul interrogamos os médicos e enfermeiros que atenderam Luíza no sanatório. Ela tinha surtos de fúria que só podiam ser controlados com medicamentos fortes."

"Coitada. Para matar Hilde, Regina e Sílvia ela tinha que estar louca mesmo."

“Mas eu não sei se foi ela. Raul não tem dúvidas, mas eu tenho.”

“Mas você telefonou para me avisar...”

“Que Luíza era capaz de fazer uma loucura. A perícia concluiu, após o exame feito na arma que Luíza usou para ferir você e no projétil retirado de sua cabeça, que foi usada uma arma diferente no assassinato das suas amigas.”

“Ela podia ter usado armas diferentes.”

“Essa é a teoria do Raul. Ele acredita também que Luíza matou o próprio pai. Talvez ele tenha razão, *nisso.* Mas no dia em que Luíza telefonou para você e veio aqui ela havia recebido pelo correio um envelope com algumas fotos e um bilhete, que, segundo sua secretária, ela rasgou com fúria, e do qual não sobraram vestígios, infelizmente. Ela guardou o envelope na bolsa e veio para a sua casa. O envelope foi encontrado na bolsa dela e as fotos estavam sobre o seu corpo, cópias de fotos das suas amigas que haviam, segundo você, desaparecido da sua casa.”

"Nem sei o que o pensar... Então não foi Luíza quem matou..."

"Eu não disse isso."

Gustavo ficou pensativo, inquieto na cama.

"Você está pensando em quê?", perguntei.

"Tive uma lembrança que está me perturbando. Uma coisa horrível. Um dia eu estava conversando com Amanda sobre os pré-requisitos para alguém se tornar um escritor..."

"Sim..."

"E eu dizia para ela que entre esses requisitos devia ser incluída a coragem, a coragem de fracassar, a coragem de dizer aquilo que não pode ser dito, não importa a natureza do impedimento, a coragem de dizer aquilo que ninguém quer dizer, de dizer aquilo que ninguém quer ouvir — quem diz o que os outros querem ouvir, Mandrake, é a televisão, a coragem a que me refiro é a do Sade, que passou vinte e sete anos de sua vida em asilos de loucos, Sade, que se manteve vivo duzentos anos não pelo seu estilo, mas pela sua coragem. Enfim, coragem de recusar todos os prêmios, ou melhor ainda, a coragem de não *querer merecer* prêmios, e o pior de todos os prêmios é a consagração em vida."

Gustavo falou isso com uma voz estranha como se estivesse delirando de febre.

"Não sei aonde você quer chegar... não entre por favor numa das suas elucubrações", eu disse.

"Então... então Amanda me perguntou, e a coragem de matar? Eu não entendi o que ela queria dizer, e Amanda acrescentou, eu tenho coragem de matar, isso me ajuda?"

Ficamos em silêncio um longo tempo.

"Estou louco para sair daqui e poder fumar um charuto."

"Bem, eu já vou, faça tudo o que o médico mandar."

"Comprou o cachorro, Mandrake?"

"Não. Estou namorando a Irina. A irmã de Regina. Ainda não preciso do cachorro."

"Quando precisar, vai comprar o quê? Um poodle ou um pastor-alemão?"

"O poodle é mais feminino, mas o pastor-alemão preenche mais espaço. Outra coisa. Descobrimos quem era Celeste. A falsa deficiente física que se correspondia com você por e-mail."

"Era Luíza?"

"Sim."

"Ela está presa?"

"Está morta. Matou-se depois que atirou em você."

Gustavo fechou os olhos. Não sei o que se passava pela cabeça dele.

"Você é um homem mau, Mandrake", ele disse, de olhos fechados.

"Vê se consegue parar de pensar nesse assunto. Pelo menos enquanto estiver no hospital. Eu venho te ver um dia destes."

Quando cheguei na porta e já estava saindo ele abriu os olhos e disse:

"Esta noite sonhei com Amanda, e sonhei com Sílvia, e sonhei com Luíza, sim, com Luíza, um sonho bom. Sonhei até mesmo com Farida. Acordei porém muito infeliz, com uma dor forte no peito."

Saí e fechei a porta. Eu também queria parar de pensar naquele assunto, por algum tempo.

Baforadas literárias

Sérgio Augusto

Em *A grande arte*, Mandrake fumava muitos charutos e esvaziava várias garrafas de vinhos portugueses. Seus hábitos, melhor dizendo, prazeres, não mudaram entre aquele romance e esta novelesca ode ao fumo em sua forma mais epicurista — o fumo, não a novela. Era com um panatela escuro e curto entre os dedos que o cínico, metido, sarcástico e filógino advogado criminalista de tantas intrigas de Rubem Fonseca arrematava sua última conversa com o amigo Raul, após a conclusão do

FOLHA ilustrada

Rubem Fonseca condena leitores ao amor e pesadelo

Citando personagens de obras anteriores, o autor, que não gosta de dar entrevistas, lança amanhã novela e livro de contos

Em texto publicado na *Folha de S. Paulo* em 6 de agosto de 1997, Matinas Suzuki Jr. ressalta uma das características da literatura de Rubem Fonseca: "Uma das violências que marcam a literatura de Fonseca sai não tanto dos crimes, mas da impossibilidade das relações humanas. [...] Nesse sentido, nada mais emblemático do que a escolha dos versos de um escritor como o paulista Álvares de Azevedo, autor de *Noite na Taverna*, para dar título ao livro. Nada se salva nessas relações degradadas, dizem Azevedo e Fonseca, a não ser aspirar à fumaça do charuto."

caso Lima Prado. Mandrake acaba encontrando outro emérito charuteiro, Ivan Canabrava.

Esta é a verdadeira identidade de Gustavo Flávio, conforme se viu em *Bufo & Spallanzani*. Ex-professor primário, ex-investigador de seguradora, Ivan virou escritor e adotou o nome artístico mais próximo de Gustave Flaubert que conseguiu inventar. Qualquer semelhança entre Delfina Delamare, a grã-fina assassinada em *Bufo & Spallanzani*, e Veronique Delphine Delamare, a infausta burguesa que inspirou a Flaubert a personagem de Emma Bovary, não é mera coincidência.

Culto, inteligente, cético, vaidoso, pedante, mulato que o passar dos anos embranqueceu, ex-gordo, mulherengo, Gustavo, traumatizado pela morte da grã-fina, parou de escrever, exilou-se da literatura, saiu da cidade, sumiu do mapa. Seus livros ainda vendem porque adotados como leitura obrigatória nas escolas, esforço pedagógico bem-intencionado mas, a seu ver, inútil, pois não é por aí que se conquistam "estudantes estúpidos e semianalfabetos" para o prazer de ler.

Sabemos que ele, além de *Trápola* (romance sobre uma mulher que se mata com um tiro no peito), escreveu obras de não ficção, e numa delas, *Morte e esporte, agonia como essência*, caiu de pau na glorificação do esporte competitivo, "essa forma de preservação

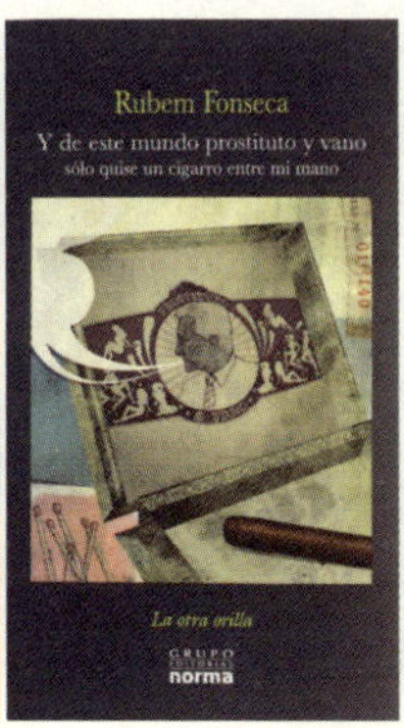

institucionalizada dos impulsos destrutivos do homem, ritual obsceno e belicista, abominável metáfora da corrida armamentista e da violência entre povos e indivíduos." Não ousem convidá-lo para uma olimpíada.

Mas, enfim, os dois mulherengos aqui se encontram, com as bênçãos epigráficas do Don Juan de Molière (cuja paixão pelo fumo parecia maior que sua satiríase) e toda a carga simbólica que qualquer charuto, curto ou longo, fino ou grosso, ostenta. Gustavo prefere os seus longos; Mandrake só fuma os curtos no trabalho, guardando os longos para desfrutar em companhia feminina. Um taludo churchill, oferecido por Gustavo, aproxima-os,

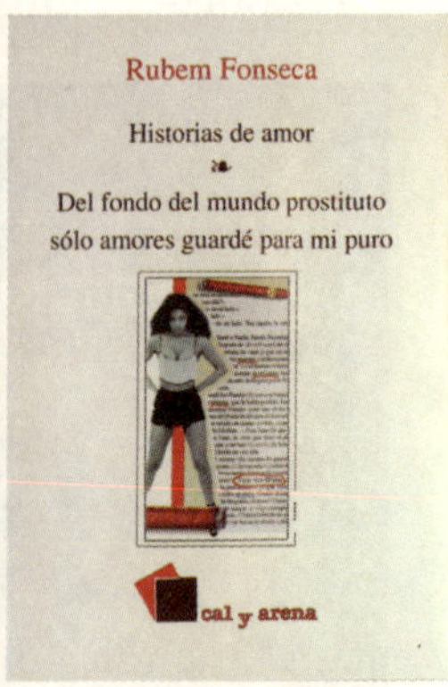

selando um pacto para a solução de um mistério manchado pelo sangue de algumas mulheres.

Crime, tabaco, mulheres: está mantida a tradição.

Se cigarro e cachimbo são mais corriqueiros entre os detetives (Sam Spade, Philip Marlowe & cia tragam, Sherlock Holmes, Maigret e Nick Holmes cachimbam), a literatura policial, pode-se dizer, nasceu sob o signo do charuto. Não pense em Freud, inveterado fumante de charutos e maior intérprete do mito de Édipo, a primeira narrativa de mistério de que se tem notícia, mas no real inventor desse gênero literário, Edgar Allan Poe. Dupin, seu paradigmático detetive, não era chegado ao tabaco, mas Mary Rogers, a jovem e bonita americana que lhe inspirou Marie Rogêt, personagem central da segunda imersão de Dupin (e Poe) no mundo do crime, não trabalhava numa perfumaria parisiense, e sim como vendedora de uma charutaria em Nova York, quando foi assassinada em 1841.

Um "*cigar* aficionado" desde a adolescência, Rubem Fonseca nunca foi um *connoisseur* pernóstico como

Gustavo. Se não podia comprar um Fonseca (o cubano, não o dominicano — nenhum parentesco em ambos os casos), satisfazia-se com os baianos Pimentel número 2. Como largou o hábito faz tempo, perdeu a chance, embora não a ambicionasse, de um dia ser homenageado com uma marca ou um tipo de charuto, como Ernest Hemingway foi, e também Winston Churchill. Há outros amores a preservar neste mundo prostituto além dos charutos. A literatura, por exemplo.

Assim como *Buffo & Spallanzani* não era um romance sobre venenos de sapo *tout court*, esta novela, originalmente publicada em 1997 pela Companhia das Letras, dentro de uma caixa com os sete contos de *Histórias de amor*, não trata apenas de tabaco, vinhos, sexo e crimes passionais. Seu principal assunto é a crise do romance e seu corolário, a inapetência criativa. Como já ocorrera na primeira aparição de Gustavo Flávio, longas digressões sobre o ato de escrever, a mercantilização da literatura e a predominância da lógica do lucro no mercado editorial pontuam a narrativa, sem nenhuma relação funcional com ela — mas é assim, por interpostas *personae*, que os escritores costumam expor opiniões pessoais sobre o fazer literário e as criações alheias.

À dupla Gustavo-Mandrake juntam-se dois outros antigos inquilinos da ficção de Rubem Fonseca: o poeta paulistano-carioca Álvares de Azevedo e o escritor britânico de origem polonesa Joseph Conrad. Um romântico byroniano que morreu aos vinte anos e cujo maior mérito foi ter incorporado o cotidiano na poesia brasileira, Azevedo foi o intelectual que serviu de modelo para o delirante bardo de "H.M.S. Cormorant em Paranaguá", o ensaístico dos contos de *O cobrador*. Saiu de uma obra dele, *O poema do Frade*, o título desta novela e, quase certamente, a sugestão da epígrafe extraída de um trecho do *Don Juan*, de Molière. Conrad, retratado através de um apócrifo diário no segundo conto de *Romance negro e outras histórias*, tem aqui repassada a valiosa lição que, no prefácio do romance *The Nigger of the Narcissus*, deu aos candidatos a escritor: além de ler muito, é fundamental aprender a Ver (com v maiúsculo), para fazer o seu leitor ver também.

Rubem Fonseca e sua prosa irresistível em dose dupla*

Cristovão Tezza

Depois da morte de Machado de Assis, em 1908, que foi a um tempo o nosso grande escritor e o nosso grande escritor urbano, a prosa brasileira inaugurou um período de quase um século de temática "agropecuária", por assim dizer, um longo e frequentemente brilhante interregno que se transformou na nossa

* Publicado originalmente em *O Estado de S. Paulo*, em 30 de agosto de 1997.

marca registrada, naquilo que se reconhece no resto do mundo como "literatura brasileira". Como exemplos, bastará citar os nomes de Jorge Amado, Erico Verissimo e João Guimarães Rosa — são algumas das referências mestras de uma arte que encontrou no mundo não urbano a sua fonte e a sua linguagem, um período, aliás, que reflete a própria geografia de um Brasil até pouco tempo atrás predominantemente rural. O primeiro nome a se consolidar entre nós talvez de forma completa com o perfil de "escritor urbano", no que essa definição tem de mais desenraizado (a ausência de um sotaque regional; a cidade como um espaço abstrato de relações não familiares e transformadoras, cosmopolita ou tendendo rapidamente ao cosmopolitismo; o universalismo como um valor desejável), foi Rubem Fonseca. A partir de seus contos dos anos 1960, ele se consagra definitivamente ao longo de seus romances, uma consagração tanto como escritor popular, campeão de vendas, quanto como escritor sofisticado, respeitado pela crítica, uma combinação muito rara em nossa terra (ou somos populares, ou somos respeitados, e com frequência não somos nem uma coisa, nem outra...).

Além disso, a obra de Rubem Fonseca tem sido também um centro de irradiação e influência literária — um bom número de escritores mais recentes terá aprendido pelo menos alguma coisa de seus temas, de seu universo ou mesmo simplesmente de sua sintaxe desconcertante, essa curiosa "ausência de literatura" que parece (só parece...) povoar o seu texto, como se depois de décadas de ornamento a fala cotidiana, em estado bruto, ganhasse estatuto literário. Uma influência que por si só nos autoriza, gostemos dele ou não, a considerá-lo um dos nossos escritores imprescindíveis; a sua obra estratifica parte substancial da imagem de um mundo urbano brasileiro e num certo sentido dá uma nova direção a uma parte da nossa literatura mais nova. Não podemos esquecer que a "influência" é uma das categorias básicas da história da literatura e da arte em geral, pois pelo parentesco entre os textos e as linguagens se consolida a representação literária de um tempo.

Assim, resenhar Rubem Fonseca a essa altura será sempre uma tarefa agradável. Sem o desafio de julgá-lo em primeira mão, podemos mergulhar livremente no seu texto, só para tentar descobrir o que faz dele, afinal, um prosador tão irresistível. A publicação simultânea da novela *E do meio do mundo prostituto só amores guardei ao meu charuto* e da coletânea de contos *Histórias de amor*, num pacote da Companhia das Letras, é uma boa oportunidade, porque apresenta de uma só vez as duas faces de sua literatura, a do romancista e a do contista.

Entretanto, um detetive literário mais desconfiado (e certamente sem humor), munido de uma lupa de grau mediano, que para começar abrisse a novela *E do meio do mundo prostituto...* poderia encontrar ali uma série de indícios não de um bom texto, mas de um desastre, a começar pelo nome do protagonista, Gustavo Flávio, que tanto pode ser uma referência a Flaubert quanto a um galã de radionovela — trata-se do sofisticado escritor do romance *Bufo & Spallanzani*, que agora reaparece recebendo fotos de suas ex-mulheres pelo correio, mulheres que acabam sendo mortas. Caberá a Mandrake, o herói de *A grande arte*, outro sucesso de Rubem Fonseca, deslindar o mistério. Sob esse roteiro frágil, a rigor desimportante, desenvolve-se o texto, uma sequência de cartas e depoimentos gravados por Mandrake.

O nosso leitor-detetive, mal-humorado, aproximará a lupa: os personagens são chapados ("Até me conhecer, Hilde era uma mulher virtuosa e fiel ao marido."); alguns abismos do texto têm a profundidade de uma história em quadrinhos ("Mas é preciso, repito, haver amor, sem amor o orgasmo causa sempre um imenso enfado misturado com tristeza."); a filosofia é de almanaque ("'Aonde você quer chegar com essa filosofia de Almanaque, Raul?' perguntei"); a linguagem trai o falso coloquial dos filmes dublados, pontilhada de mais-que-perfeitos sintéticos que rolam e brilham como pedras preciosas no chão do diálogo ("Respondi que vira o retrato dela na revista e lera a notícia dizendo que ela fora assassinada" — é curioso como resiste firme na literatura uma forma verbal que, na fala, só sobrevive em discurso de paraninfo"); há longas digressões sobre o ato de escrever, rudimentos de uma "Prosaica" ("E o candidato a escritor, acrescentou Gustavo, além de ler como um desesperado deve aprender a Ver, para poder fazer o seu leitor ver também, como Conrad anota no prefácio de *The Nigger of the Narcissus.*"), digressões que não têm nenhuma relação funcional com a narrativa, no velho e bom truque romanesco de o autor relativizar suas opiniões colocando-as na boca de personagens que não são nenhum exemplo de virtude; finalmente, a coroação do desastre, segundo o nosso detetive-leitor: toda a narrativa é intercalada por discursos edificantes sobre o charuto (de onde aliás vem o título do texto, extraído de um poema de Álvares de Azevedo), que são o suprassumo do rococó dourado, o último adereço, a paródia da paródia: "Sou contra esses sujeitos que cortam a ponta do charuto dando-lhes dentadas como cães danados." Às vezes uma única sentença parece conter tudo ao mesmo tempo: "Este churchill é para quando você se encontrar com uma amiga. Como você sabe, o nome é em homenagem ao Winston, que nunca se separou de um charuto com esse formato, nem mesmo em épocas de derramamento de sangue, suor e lágrimas." No entanto, apesar desse suposto rosário de graças e fraquezas, *E do meio do mundo prostituto só amores guardei ao meu charuto* resulta paradoxalmente numa narrativa irresistível, livre, solta, saborosa — o espaço romanesco aberto, em que o autor maduro se diverte com o poder da linguagem, essa misteriosa capacidade que a palavra, quando dominada à perfeição, tem de fazer do leitor o que quiser, de arrastá-lo ribanceira abaixo ou acima, de levá-lo a recitar "quem ama as mulheres como nós não tira a vida delas" e prosseguir adiante como se nada tivesse acontecido; enfim, o leitor parece sentir em cada linha o mesmo prazer que o autor sentiu escrevendo seu texto. Nesse livro, a frase de Rubem Fonseca, como um bom charuto, "combure corretamente", contendo em si, no seu próprio e instantâneo consumo, o máximo prazer do texto.

Em seguida, o nosso leitor abrirá o segundo volume, *Histórias de amor* — e já nas primeiras duas páginas que encerram o conto "Betsy" parece que se abre também outra dimensão literária, não mais a do eventual maneirista que se diverte com o poder de sua técnica no terreno da paródia controlada, mas a do grande escritor movendo-se delicado, preciso, contundente, nos territórios amorosos da atividade humana que ele revela com uma força a um tempo luminosa e fria. Numa breve mas intensa sequência de contos — "Cidade de Deus", "Família", "O anjo da guarda", "Viagem de núpcias", "O amor de Jesus no coração", e mesmo a noveleta "Carpe diem", que se articula, longa, com a magreza funcional de um roteiro, quase a pura ideia de um conto —, o leitor viajará pelas muitas e sempre inescrutáveis faces do amor levado pela mão de um escritor que, também ele, ainda se espanta com o universo que escreve e descreve, porque não o compreende totalmente, talvez uma das chaves da boa literatura. Nesses contos, a frase de

Rubem Fonseca, a simplicidade de sua ordem direta frequentemente curta e brutal — e mesmo assim pungente — revela de forma completa e absoluta por que, aos setenta anos, ele permanece como uma das nossas mais novas referências literárias.

O autor

Contista, romancista, ensaísta, roteirista e "cineasta frustrado", Rubem Fonseca precisou publicar apenas dois ou três livros para ser consagrado como um dos mais originais prosadores brasileiros contemporâneos. Com suas narrativas velozes e sofisticadamente cosmopolitas, cheias de violência, erotismo, irreverência e construídas em estilo contido, elíptico, cinematográfico, reinventou entre nós uma literatura *noir* ao mesmo tempo clássica e pop, brutalista e sutil — a forma perfeita para quem escreve sobre "pessoas empilhadas na cidade enquanto os tecnocratas afiam o arame farpado".

Carioca desde os oito anos, Rubem Fonseca nasceu em Juiz de Fora, em 11 de maio de 1925. Leitor precoce porém atípico, não descobriu a literatura (ou apenas o prazer de ler) no *Sítio do Pica-pau Amarelo*, como é ou era de praxe entre nós, mas devorando autores de romances de aventura e policiais de variada categoria: de Rafael Sabatini a Edgar Allan Poe, passando por Emilio Salgari, Michel Zévaco, Ponson du Terrail, Karl May, Julio Verne e Edgar Wallace. Era ainda adolescente quando se aproximou dos primeiros clássicos (Homero, Virgílio, Dante, Shakespeare, Cervantes) e dos primeiros modernos (Dostoiévski, Maupassant, Proust). Nunca deixou de ser um leitor voraz e ecumênico, sobretudo da literatura americana, sua mais visível influência.

Por pouco não fez de tudo na vida. Foi office boy, escriturário, nadador, revisor de jornal, comissário de polícia — até que se formou em direito, virou professor da Escola Brasileira de Administração Pública da Fundação Getulio Vargas e, por fim, executivo da Light do Rio de Janeiro. Sua estreia como escritor foi no início dos anos 1960, quando as revistas *O Cruzeiro* e *Senhor* publicaram dois contos de sua autoria.

Em 1963, a primeira coletânea de contos, *Os prisioneiros*, foi imediatamente reconhecida pela crítica como a obra mais criativa da literatura brasileira em muitos anos; seguida, dois anos depois, de outra, A coleira do cão, a prova definitiva de que a ficção urbana encontrara seu mais audacioso e incisivo cronista. Com a terceira coletânea, *Lúcia McCartney*, tornou-se um best-seller e ganhou o maior prêmio para narrativas curtas do país.

Já era considerado o maior contista brasileiro quando, em 1973, publicou seu primeiro romance, *O caso Morel*, um dos mais vendidos daquele ano, depois traduzido para o francês e acolhido com entusiasmo pela crítica europeia. Sua carreira internacional estava apenas começando. Em 2003, ganhou o Prêmio Juan Rulfo e o Prêmio Camões, o mais importante da língua portuguesa. Com várias de suas histórias adaptadas para o cinema, o teatro e a televisão, Rubem Fonseca já publicou 13 coletâneas de contos e 12 livros, entre romances e novelas. Em 2011, publicou *Axilas e outras histórias indecorosas* e a novela *José*.

Coordenação da edição
Sérgio Augusto

Editoras responsáveis
Janaína Senna
Maria Cristina Antonio Jeronimo

Produção
Adriana Torres
Ana Carla Sousa

Produção editorial
Ângelo Lessa
Rachel Rimas

Revisão
Flávia Midori
Maria Clara Antonio Jeronimo

Diagramação
Trio Studio

Capa
Retina 78

Este livro foi impresso em maio de 2012, pela Edigráfica, para a Editora Nova Fronteira. A fonte usada no miolo é Minion Pro 11,5/22,5. O papel do miolo é Chambril Avena 80g/m², e o da capa é cartão 250g/m².

Visite nosso site: www.novafronteira.com.br